Tucholsky Wagner Zola Scott Sydow Freud Schlegel
Turgenev Wallace Fonatne

Twain Walther von der Vogelweide Fouqué Friedrich II. von Preußen
Weber Freiligrath Frey
Ernst
Fechner Fichte Weiße Rose von Fallersleben Kant Richthofen Frommel
Hölderlin
Engels Fielding Eichendorff Tacitus Dumas
Fehrs Faber Flaubert
Eliasberg Ebner Eschenbach
Feuerbach Maximilian I. von Habsburg Fock Eliot Zweig
Ewald Vergil
Goethe Elisabeth von Österreich London
Mendelssohn Balzac Shakespeare Dostojewski Ganghofer
Trackl Lichtenberg Rathenau Doyle Gjellerup
Stevenson Hambruch
Mommsen Tolstoi Lenz Hanrieder Droste-Hülshoff
Thoma von Arnim
Dach Verne Hägele Hauff Humboldt
Reuter
Karrillon Garschin Rousseau Hagen Hauptmann Gautier
Damaschke Defoe Hebbel Baudelaire
Descartes Hegel Kussmaul Herder
Wolfram von Eschenbach Dickens Schopenhauer
Darwin Grimm Jerome Rilke George
Bronner Melville Bebel Proust
Campe Horváth Aristoteles
Bismarck Vigny Barlach Voltaire Federer Herodot
Gengenbach Heine
Storm Casanova Tersteegen Gilm Grillparzer Georgy
Chamberlain Lessing Langbein Gryphius
Brentano Lafontaine
Strachwitz Claudius Schiller Kralik Iffland Sokrates
Katharina II. von Rußland Bellamy Schilling
Gerstäcker Raabe Gibbon Tschechow
Löns Hesse Hoffmann Gogol Wilde Gleim Vulpius
Luther Heym Hofmannsthal Klee Hölty Morgenstern
Roth Heyse Klopstock Kleist Goedicke
Luxemburg Puschkin Homer
Machiavelli La Roche Horaz Mörike Musil
Navarra Aurel Musset Kierkegaard Kraft Kraus
Nestroy Marie de France Lamprecht Kind Kirchhoff Hugo Moltke
Laotse Ipsen
Nietzsche Nansen Liebknecht
Marx Lassalle Gorki Klett Ringelnatz
von Ossietzky May Leibniz
vom Stein Lawrence Irving
Petalozzi Knigge
Platon Pückler Michelangelo Kafka
Sachs Poe Liebermann Kock Korolenko
de Sade Praetorius Mistral Zetkin

Der Verlag tredition aus Hamburg veröffentlicht in der Reihe **TREDITION CLASSICS** Werke aus mehr als zwei Jahrtausenden. Diese waren zu einem Großteil vergriffen oder nur noch antiquarisch erhältlich.

Symbolfigur für **TREDITION CLASSICS** ist Johannes Gutenberg (1400 — 1468), der Erfinder des Buchdrucks mit Metalllettern und der Druckerpresse.

Mit der Buchreihe **TREDITION CLASSICS** verfolgt tredition das Ziel, tausende Klassiker der Weltliteratur verschiedener Sprachen wieder als gedruckte Bücher aufzulegen – und das weltweit!

Die Buchreihe dient zur Bewahrung der Literatur und Förderung der Kultur. Sie trägt so dazu bei, dass viele tausend Werke nicht in Vergessenheit geraten.

Herbstviolen

Karl Spindler

Impressum

Autor: Karl Spindler
Umschlagkonzept: toepferschumann, Berlin

Verlag: tradition GmbH, Hamburg
ISBN: 978-3-8424-1427-3
Printed in Germany

Text der Originalausgabe

Carl Spindler

Herbstviolen

Erzählungen und Novellen von C. Spindler.
Zweiter Band

Stuttgart, Hallberger'sche Verlagsbuchhandlung

1834

Das Modell und das Ave Maria

Ballade eines römischen Bänkelsängers

»Ehre sey der hochwürdigsten Jungfrau Maria, der heiligsten Mutter des Kindleins Jesus! Unter ihrem Schutze wollen wir heute andächtiglich vernehmen, was ich in alten glaubwürdigen Büchern gelesen, und von einem sehr gelehrten Abbate bestätigt erhalten habe.

Ihr möget wissen, Freunde und Zuhörer, denen ich um den geringen Preis einiger Kupfermünzen eine wunderbarliche Historie zur Befestigung der Andacht und des Glaubens verkündige, daß es im rauhen Norden Länder giebt, wo der Olivenbaum nicht wächst, und der Lorbeer nicht gedeiht, sondern Oede und Unfruchtbarkeit herrscht. Eines dieser Länder ist Deutschland, woher die Ketzerei stammt, die wie eine fressende Schlange allenthalben hinkroch, und nur unser Vaterland, das gesegnete Italien verschonen mußte, weil es unmittelbar unter dem Schutze des heiligsten Statthalters Gottes steht. Wünschet Euch darum nicht, fremde Länder zu besuchen, weil der Italiener stirbt, wo er seinen Wein, seine Gesänge und seinen Gott nicht findet.

Aber es ist den verlorenen Schafen der Kirche gegeben, den Weg über die Alpen zu suchen, und sogar in die Nähe des heiligsten Stuhls Petri zu dringen, und sie geben vor, entweder zu ihrer Belehrung zu reisen, oder die Künste zu studiren, deren Wiege und Triumph bei uns zu schauen ist. Falsche Vorspiegelungen jedoch! Braucht man zu reisen, um glücklich zu seyn? Nützt diesen Künstlern ihre Geschicklichkeit, wenn sie in ihre Heimath zurückkehren, wo es kalt ist, und wo man sich in die Häuser verkriechen muß, wo man die Bilder aus den Kirchen verdrängt, und das Volk wenig den unvernünftigen Thieren nachsteht?

Ich will Euch sagen, warum diese Leute zu uns kommen: entweder, um reuevoll Buße zu thun, und das Ketzerthum abzuschwören, und das sind die wenigsten; oder, wie die meisten thun, Eure Sitten zu verderben, das Ansehen unserer würdigsten Obrigkeit zu schmälern, in Saus und Braus zu leben, und Eure Weiber und Töchter zu verführen, wenn sie nicht sogar den frechen Blick nach den dem Himmelsbräutigam geweihten Jungfrauen emporheben. Billig fraget Ihr, wie der heiligste Vater solch' Gesindel in den Mauern der geweihten Stadt dulden möge? Meine Antwort ist: daß die Langmuth des Himmels unerschöpflich ist, und die wohlthuende Sonne den Bösen wie den Gerechten ohne Unterschied bescheinet.

Nun will ich Euch eine Geschichte erzählen von einem solchen wüsten, fremden Maler, die sich vor langer Zeit begeben. Er war einer von denen, wie sie hier herumziehen in unanständigen Röcken, mit stinkender Tabakspfeife, hängenden Haaren und wenigen Bajocchis in der Tasche. Denn sie haben immer minder Geldes in ihrem Beutel, als Haare in ihren revolutionären Bärten.

Während ich Athem schöpfe, und meine Gedanken sammle, so kauft in der Geschwindigkeit um einen Spottpreis die vor mir liegende, Euch zu Nutz und Frommen gedruckte Lebensbeschreibung des verruchten Rebellen Menotti, der in voriger Woche zu Modena gehangen wurde. Betet dabei für seine arme Seele und zugleich für die Eurige, daß Gott dieselbe besser vor dem Laster der Revolution bewahre, als es mit Euren Landsleuten zu Bologna geschah.

So, meine Freunde, kauft immerhin; jeder Pfennig wird durch mein dankbares Gebet den armen Seelen im Fegefeuer tausendfältige Früchte tragen. Der Maler hieß aber Theobald, und ein Mädchen aus dem guten Volk jenseits der Tiber, welches auch dießmal dem heiligsten Vater treu blieb in der Stunde der Noth, hieß Paola. Das Mädchen trug duftendes Brod in die Stadt zum Verkauf, und brachte seinem Bruder, welcher damals als Maurergeselle an irgend einem Palaste arbeitete, häufig eine kleine Erfrischung zu seinem Vergnügen. Auf einer dieser Wanderungen wurde Paola von dem fremden Maler gesehen, der alsobald in schnöder Lust für die Schöne entbrannte.

Die Schönheit der Frauen ist nur bei uns zu Hause, und das glückliche Italien das Paradies der Liebhaber. Aber neugierig und verschmitzt und eitel sind auch unsere Weiber, und stehen darinnen den fremden wenig nach. – Gott helfe Euch, guter Nachbar Lorenzo, der Ihr so kräftig nießet, und zwei hübsche Töchter habt! Ihr bestätigt meine Worte.

Paola bemerkte leichtlich, daß Theobald Gefallen an ihr gefunden, und ihr auflauerte, so gut er konnte. Da sie nun dieses gewahrte, und nicht sogleich sich darüber ärgerte, war sie schon halb in die Schlingen des Satans gefallen.

Es ist ein treuloses Volk, das der Fremden. Die Reichen klappern mit dem Gelde, und sagen zu dem reizenden Weibe:»Ergib Dich mir, mein Schatz, mein süßes Gut, mein holdes Leben, meine theuerste Seele; siehe, ich bin nur einen Augenblick da, und fahre morgen nach Neapel oder nach Genua, und dann nach der Heimath, und Du siehst mich nicht mehr, und kein Mensch weiß, daß wir zusammen vergnügt gewesen!«

Die Aermeren sagen:»Schönste Blume, die ich auf meiner Pilgerschaft gefunden! Laß Dich pflücken, und ruhe an einem Busen, den Du treuer und redlicher in der Welt nicht findest. Zwar weile ich nur kurze Zeit, aber sobald ich meine Wanderschaft geendigt, bin ich wieder da, und führe Dich als meine eheliche Frau heim!«

Die Künstler aber sagen mit teuflischer Hinterlist:»Du gefällst mir, schönes Bild, doch gefällst Du mir in allen Ehren. Die Natur hat aus Deinem Halse, Deinen Schultern, Deinen Armen Meisterstücke gemacht, die nirgends sonst gesehen werden. Leihe mir diese Schätze nur auf ein Paar Stunden für das Auge, damit ich sie auf der Leinwand entwerfe, und Dich verewige; das ist nichts Böses, und geschieht nur zu Ehren des Schöpfers, und Leib und Seele hat keinen Schaden davon!«

Ach, dürfte ich doch hinzusetzen: daß solches Scharwenzeln und Schlangengeplauder vergebens und in den Wind gesprochen sey! Ihr wißt aber sicherlich, geliebte Zuhörer, ein jeder unter Euch, ohne Ausnahme, daß *jenes* Weib sich dem Gelde des Fremden ergab, und *diese* Blüthe von dem Freier, der niemals wiederkam, gepflückt wurde, und daß den Künstlern täglich neue Opfer in die Schlingen laufen. Aus der Schmeichelei sproßt die Eitelkeit, hieraus das unbesonnene Vertrauen, und aus demselben die Schande. Die Schande bleibt aber niemals verschwiegen, eben so wenig als eine Verschwörung, die gegen die rechtmäßige, von Gott eingesetzte Gewalt angezettelt wird. Nebenbei erzähle ich Euch, daß der höllische Zucchi bereits geviertheilt wurde, und die Franzosen jetzt haufenweise an der Cholera sterben.

Die Cholera ist aber nichts anders als der Erzfeind des Menschengeschlechts, den der allmächtige Gott als seine Geißel in der

Gestalt von Pestbeulen und schwarzem Erbrechen über die Rebellen aller Länder schickt. Gott bedient sich in seiner unerforschlichen Weisheit häufig des Bösen, um die Anschläge der Schurken auf Erden zu vereiteln und zu bestrafen. Wir werden dieses aus dem weitern Verlauf der lehrreichen Historie ersehen, die ich Euch verkündige. Präservativbillen gegen die um sich greifende Pest sind um billigen Preis bei dem gelehrten Doctor Spigoni, unfern vom Coliseo, zu haben. Dem, der den festen Glauben hat, helfen sie gewiß.

Paola war ein gutes Mädchen, schön wie der Tag, und fromm, als ob sie von Engeln erzogen worden wäre; dieß hinderte jedoch nicht, daß sie den Vorspiegelungen des Malers aus Eitelkeit ein williges Ohr lieh. Der Teufel freute sich schon auf den feisten Braten, denn wie Euch nach den köstlichen Fritelle, so wässert ihm das unsaubere Maul nach einer andächtigen Seele.

Paola hatte aber eine besondere Andacht zur heiligen Jungfrau, der sie von ihrer Mutter verlobt worden, und darum erbarmte sich ihrer die großmächtigste Patronin, und gebot gerade dem Teufel, sie vor der Wollust des Fremdlings zu schützen. Satan murrte, und wir können's ihm nicht verargen, weil er alle Mühe umsonst hatte, indem ihm der deutsche Ketzer ohnehin schon gewiß war. Aber er muß thun, was ihm die Himmlischen befehlen.

Tebaldo sagte eines Tags zu Paola, da er ihr wieder begegnete: »Ich bewohne ein ganz stilles Haus auf dem quirinal'schen Hügel. Keine Seele ist, welche Dich bei mir mit neugierigen Augen entdecken könnte; Deine Ehre lauft nicht Gefahr, und eine kurze Weile reicht hin, daß ich Deinen wunderschönen Arm sammt der zierlichen Hand mit leichten Kohlenstrichen copire, wenn Du mir dieses Glück zu Theil werden lässest. Ich warte Deiner, wann es morgen Abend zum Gebet läutet, unter der Thüre meiner Wohnung, und hoffe zuversichtlich auf Deine Zusage.«

Paola weigerte sich anfangs, und bald gab sie nach. Ihr kennt ja die Weiber. Sie versprach zu thun, wie der fremde Schmarozer es verlangte, und freute sich im Voraus, die Unerfahrene, auf den verhängnißvollen Abend.

Ihre Mutter lag kränklich zu Bette, und fragte die Tochter: »Was schmückest Du Dich also, mein Kind? Wozu das feine Sonntagshemd mit den durchsichtigen Spitzen? Wozu das Corallenhalsband von Deiner Pathin? Willst Du Deine arme Mutter verlassen, um zu einem Feste zu gehen? O, halte an den Geboten Gottes, und laß Dich nicht von den leichtsinnigen Burschen verlocken, die bei Gesang und Tanz des Mädchens Herz zu verführen suchen! Du wirst bald in's Kloster treten. Hüte Dich also vor Sünde!«

Die verschmitzte Paola antwortete: »Lieb' Mütterlein, ich gehe zur Kirche, um ein Gelübde zu thun, daß ich bei mir beschlossen, damit Du genesest. Ich will der heiligsten Mutter eine Kerze opfern, und komme mit dem Bruder zurück, wenn er von der Arbeit wiederkehrt.«

Dessen erfreute sich die Mutter, und belobte in Worten und Gedanken das fromme Kind, und ergab sich darein, allein zu bleiben. Wie aber nach geraumer Frist der Bruder allein kam, und die Schwester nicht gesehen haben wollte, da rief die Mutter mit aufgehobenen Händen: »Ach, Tommaso! guter Sohn, wir werden gewiß ein großes Unglück mit unserer Paola erleben. So gehe denn, und suche sie allenthalben, und komme nicht wieder, bevor Du sie gefunden.«

Tommaso rannte wie ein Besessener davon, und fürchtete nur, daß seine schöne Schwester in die Hände von verfluchten Freimaurern gefallen seyn möchte, die öfters bei ihren heimlichen Gastmälern das Blut einer keuschen Jungfrau zu trinken pflegen.

Hat jemals Einer von Euch einen Freimaurer gesehen? Sie wandeln in menschlicher Gestalt, und sind doch wüste Ungeheuer darunter. Ein bösliches Geschlecht, noch vom babylonischen Thurm herstammend, und rußig von Innen, wie die Kohlenbrenner von Außen. Darum haben sie sich auch zu unserer Zeit in Kohlenbrenner verwandelt, und der Himmel gebe, daß diese Empörer und Verschwörer von Grund aus zernichtet werden! Gegen Carbonari und Calderari Kyrie Eleison!

Während Tommaso lief, und die arme Mutter betete, hatte der Maler sein Opfer ergattert, und verstohlen in sein Haus gezogen. Bedächtig schob er den Riegel vor seine Kammerthüre, und sagte mit funkelnden Augen: »Nun sind wir allein, mein Leben! Niemand überrascht uns, und wir sind ungestört, so lange es Dir bei mir gefällt.«

Dann betrachtete er mit wollüstigem Entzücken das verschämte Mädchen, wie es, reizender als je, verschämt vor ihm stand, und rief feurig:»Wie Du geputzt bist! Ein Meisterstück des Schöpfers, und geschaffen nicht nur für die Kunst, sondern auch für die Liebe! – Komm', setze Dich zu mir auf dieses Ruhebett. Erlaube, daß ich diesen weißen Flor von Deinen Alabasterschultern nehme, und den Arm enthülle, nach dessen wunderschönen Formen mein Auge sich sehnt. Bist Du ängstlich, mein Kind, weil Dein Busen so wallt? Beruhige Dich, und theile meine Gefühle; ich bitte Dich darum! Ich bete Dich an, Du schönes Modell, wie kein anderer Künstler es je besessen. Sey ganz die Meine, und zähle auf meine Liebe und meine Verschwiegenheit!«

Das Mädchen schien überrascht, bestürzt, erschüttert, und seufzte:»Liebenswerther Fremdling! bedenke doch, was Du thust. Noch summen in meinen Ohren die letzten Glockenschläge des Ave Maria, und schon soll ich Deinem Willen zu eigen seyn? Verlange nicht nach meiner Umarmung, die Sünde möchte Dir Verderben bringen. Du hast mich getäuscht and überlistet, und wenn ich auch die Liebe theilte, die Du mir zu erkennen gibst, so würde dennoch unendliche Schmach Dir aus dieser Stunde erwachsen.«

Diese Worte verwirrten den jungen Lüstling, und eine göttliche Mahnung klopfte an sein Herz, denn, auch die Ketzer haben öfters menschliche Regungen; nur weichen diese leider schnell vor der bösen Lust. Tebaldo setzte sich der schönen Paola gegenüber an die Staffelei und begann zu zeichnen; aber die Kohle flog in seiner Hand, und seine Pulsen tobten vom ungestümen Blut und alle seine Sinne kamen in Aufruhr, als ihm gegenüber das schöne Bild den Kopf wie entschlummernd sinken ließ, und die leichte Umhüllung des Busens verrätherisch lockend herabfiel.

Der Maler stürzte außer sich in die Arme des Mädchens, die ihn wie die einer Träumenden gleichsam bewußtlos umfingen. Er drückte glühende Küsse auf die Lippen der Schönen, und das halbdunkle Gemach sollte sich in einen Tempel verbrecherischer Liebe verwandeln.

Da durchfährt es ihn, wie ein kalter Schwerthieb, und sein Blut wird zu Eis, da er gewahrt, wie Paola an seiner Brust immer bleicher und kälter wird, wie sich ihre Züge verändern, wie ihre Augen aufgehen, aber starr und gläsern sind, wie die einer Todten. Er will in die Höhe springen, aber die Arme der räthselhaften Leiche halten ihn zurück; er will die Last – vor Kurzem noch so beneidenswerth – abschütteln; vergebens. Das Entsetzen steigt ihm tödlich zum Herzen, und er schreit nach Hülfe, aber seine Stimme verhallt, und Niemand nähert sich der verschlossenen Thüre.

Da öffnet sich – erschreckt nicht zu sehr, meine Freunde, denn diese Geschichte ist wahr, und nicht etwa ein Spiel der Einbildungskraft – Paola's Mund, und aus ihm dringt ein rauher Ton, wie der einer Posaune, und dröhnt ihm in's Ohr:»Du bist am Ziele, feiger Sündenknecht! Du wolltest einer Jungfrau die Ehre, einer Mutter die Tochter, der Kirche eine verlobte Braut rauben, und dieses kostet jetzt schon Dein Leben. Weißt Du, wer ich bin?«

Wimmernd starrte Tebaldo nach Paola's Munde, der sich aufthat, wie der Rachen eines Delphins, und woraus ein gehörnter Kopf mit Ziegenbart und glühenden Augen und feuersprühenden Nasenlöchern sprang, und Paola's runde Arme wurden zu lang behaarten Teufelsklauen, und ihr Gewand zerfiel wie mürber Staub, und Satan selbst in seiner scheußlichsten Gestalt erhob sich, ungeheuerlich schnaufend, und ließ nicht ab von dem Maler, dessen Kehle unter dem gewaltigen Griff des Höllengespenstes nur ächzte:»Paola! Hexe! was hast Du mir gethan?«

»Sie ist gerettet!« schnaubte das brennende Ungethüm:»Die Glocken des Ave Maria lockten sie in die Kirche, an welcher sie vorbeiging, und die gnadenreiche Mutter des Herrn sendete ihr einen plötzlichen Schlummer, und mich hierher zu Deiner Strafe!«

Somit zerriß Satan den Maler, und streute seine Gliedmaßen in dem Gemach umher, worinnen man noch jetzt an den Wänden die blutigen Spuren des Ketzergehirns sieht.

Tommaso fand nach langem Suchen seine Schwester in einem Winkel der Kirche, eingeschlafen vor dem Altar der Madonna, zur Zeit, als schon der Meßner die Pforten schließen wollte.

So ist verlaufen diese bewundernswürdige Historie, zum abschreckenden Exempel für alle Verführer und eitle Weiber, die sich gerne verführen lassen. Paola ist eine heilige Nonne geworden, und wird nächstens vom heiligen Vater selig gesprochen, hoffe ich. So wie sie nun im Himmel unsere Fürbitterin ist, so wollen wir auch hier zu ihr beten, und nicht minder für die Seelen aller irregeleiteten rechtgläubigen Weiber. Die Seelen der Ketzer kümmern uns ohnehin nichts, und wir würden ihnen wenig helfen, da sie alle verdammt sind! – So, meine Freunde! Nun noch ein kleines Scherflein in meine Mütze, damit ich zufrieden heimkehren kann, um für Euch ein neues Lied zu ersinnen, welches Euch Nutzen und Belehrung bringt. Der Himmel vergelte es Euch tausendfach an Euern Kindern, und der Segen des heiligen Vaters sey für Euch ein doppelter.«

Der Bänkelsänger kehrte heim in seine räucherige Spelunke unfern von dem *Monte testaccio*. Sein Weib schleppte ihm das Nachtmahl von fetten Kuchen und würzigen Zwiebeln herbei, und labte mit einem tüchtigen Kruge voll Weins seine trockene Kehle. Nachdem er sich erholt und den Magen üppig gefüllt, schmatzte er behaglich, und sprach zu dem Weibe: »Hier sind drei Thaler, die ich mir sauer verdient, Signora Margaritta. Was hat Dein Trödelverkauf heute getragen?« – »Bei'm Bacchus, mein Alter, verteufelt wenig, einen halben Thaler Ueberschuß.« – »Und der Bettel des kleinen Nicolino?« – »Hm! der Kleine ist ein durchtriebener Strick, er brachte heute schon anderthalb Thaler heim.« – »Ja, ja! Gott segnet die Jugend! Er wird ein wackerer Bursche werden, wie sein Aelterer, der auf den Heerstraßen von Calabrien unter dem klugen Giovanni sein Glück macht. Und Theresina?« – »Ach, das Weibsbild hat heute wenig nach Hause gebracht! Die Maler behaupten: sie hätte schon zuviel an ihrer Frische verloren, und nur die Aermsten verlangen sie noch zum Modell.« – »Verdammtes Lumpenpack! aber natürlich, Magaritta: die Jugend währt nicht immer. Wir müssen nächstens die kleine Claudia zum ersten Mal ausschicken. Das Mädel mit seinen vierzehn Jahren und brennenden Augen wird wieder Geld in's Haus bringen. Die Theresina mag sehen, wie sie sich nun weiter hilft. Mit Klugheit und Andacht verhungert man nicht.«

Maruzza

1.

II und weitere Überschriften sind nicht vorhanden.
Re.

Fröhliches Getümmel wogte hin und her auf dem grünen Abhang, wo sich, zum Dörfchen Szluka gehörig, ein neues Haus erhob. Es war der Tag, an welchem ein früher im tiefen Thale wohnender Bauer diese neue Wohnung bezog, die ihm hergerichtet worden war durch die Menge seiner Freunde und Verwandten. Ein walachisches Haus ist bald gefertigt; seine Wände sind aus Lehm gestampft, statt auf Dielen wandelt man darin auf dem fest geklopften Estrich, das Dach ist von dichtem Maisstroh bereitet, und der einladende Blumenstrauß steckt oft schon nach drei Tagen darauf, seit man die ganze Arbeit begonnen. Das Innere ist nicht minder bescheiden und genügsam verziert; mit dem bunten Gewebe ihrer fleißigen Hände schmücken die Frauen des Hauses, gleich wie mit Tapeten, die Stube, das vom Bauer selbst gezimmerte Geräthe ist karg zugemessen, für die bunte Schatz- und Leinwandtruhe findet sich allenthalben ein Winkel, und der ungeheure Ofen, worinnen gekocht, gebacken und geheizt wird, ist zugleich die Schlafstätte der Familie, die Vorsteher des Hauses ausgenommen, die in der Nebenkammer auf hochgethürmten, jedoch mit Stroh ausgestopften Betten schlummern.

Von leichten Ställen umgeben, daneben ein umzäunter Garten, lachte das neue Haus des Dodje Andrei in den Thalgrund hinab, die grünen Bäume nickten freundlich über das gelbe Dach, und vor dem Hause tanzten in abgesonderten Chören die Bursche und Mädchen der Sippschaft bei'm Klange der Geigen und Triangel einer wandernden Zigeunerfamilie. Die Alten lagerten aber am Boden, und rauchten und tranken, und ließen sich in wohlgefälliger Ruhe von den Weibern bedienen, die in ehrerbietiger Entfernung saßen, des Winks ihrer Herren gewärtig. Andrei sagte, auf beide Ellbogen gestützt, und den Dampf der kurzen Pfeife majestätisch hinausblasend, zu seinem Nachbar:»Der Himmel und das Gebet haben mich gesegnet, und mich zu besser'm Wohlstand erhoben. In

15

Wald und Wiesen treibt Vieh, das mir gehört, und meine Aecker sind wohlbestellt, so daß die Steuer für den Bischof, und das Neuntel für den Grundherrn nirgends richtiger fällt. Von Linnen strotzt meine Vorrathskammer, und meine Hausfrau bäckt das beste Brod, so wie sie mir die wackersten Kinder brachte. Dort tanzen meine Töchter; gibt's niedlichere Dirnen auf drei Tagreisen in der Runde um Szluka? Und mein Sohn? Komm' her Dmitr! Schaut Nachbar, ob er nicht aussieht wie ein Edelmann. Man glaubt nicht, daß er vor einem Jahre noch mein Zikosch war. Doch ist's jetzt mit dem Pferdehüten vorüber, Dmitr. Du kannst Dich selbst setzen, schlanker Junge. Wähle Dir eine Braut unter den schönsten und reichsten Mädchen des ganzen Comitats. Du wirst gewiß keine hochmüthige Maruzza mehr darunter finden, wie die Tochter des alten Gurul. Die Pest auf das Katzengesicht! Nicht wahr, Du rothwangiger Dmitr?«

Dmitr schnippte mit den Fingern, und strich dann mit höhnischem Lächeln sein glänzend gesalbtes Haar. Seine Augen rollten aber düster, während die Nachbarn seines Vaters lachten und spotteten, und den alten Andrei wegen seines Wohlstands und Selbstvertrauens hoch priesen. Ein junger Mann, der über dem buntgestickten Walachenhemd eine blaue Weste mit gelben Schnüren trug, und dadurch verrieth daß er Soldat gewesen, klopfte den Dmitr auf die Schulter, und fragte:»Willst Du mir nicht erzählen, Vetter, wie es damals mit Deiner Freiwerberei ergangen? Ich bin neugierig, etwas aus der Heimath zu erfahren, wo ich lange nicht gewesen.«

Dmitr knirschte mit den Zähnen, und versetzte:»Ich muß Dein großer Freund seyn, Nicol, wenn ich Dir's sage, und dennoch ist's mit ein paar Worten geschehen. Du erinnerst Dich des Dörfchens in dem Felsen, wo wir zuerst gewohnt, und wie man den Vater, da er hieher zog, immer spottweise den Russniaken genannt. Der Vater ließ die Leute spotten, und brachte etwas vor sich, ganz im Stillen, während die Andern nur für's liebe Leben sorgen. Einer von denen ist der Gurul, der neben des Poppen Hause wohnt – dort, wo der Gießbach über den Felsen sprudelt. Das schönste Gut, was der alte Zänker besaß, war seine Tochter Maruzza. Sie gefiel mir, und ich ging bei ihr zur Freite, nachdem schon ein Verwandter, der in meinem Namen warb, abgewiesen worden. Was gab mir aber der alte Gurul zur Antwort? Seine Tochter sey schon vom Kindesalter an mit dem schwarzen Joschuch verlobt, und wenn das auch nicht wäre, so würde er dennoch sein Kind einem gemeinen Roßhirten und Russniakensohn nicht geben. Ich zog ab mit der Wuth im Herzen, und hätte vielleicht den Alten streng gezüchtigt, wenn mir dieses nicht von meinem Vater, der ein gutes Kind ist, verboten worden wäre. Die Strafe Gottes für solchen Hochmuth blieb indessen nicht aus. Der Sohn des Grundherrn kam bald darauf in's Dorf, und sah die Tochter des Gurul, die ihm gefiel. Er wollte sie in die Dienste seines Vaters bringen, aber Gurul und Joschuch bekamen Wind davon, und der letztere schoß den Sohn des Grundherrn zum Krüppel, und ging auf und davon. Man hat ihm vergebens nachgespürt, aber der alte Gurul saß lang im Kerker, und sein Haus verarmte ganz, und für's Mädel hat Niemand mehr Lust gehabt, sich zu melden. Er ist ein verachteter Mann, der Vater der Maruzza, und mag darum meinethalben noch lange fortleben, weil Verachtung und Schand immer noch schlechter schmecken, als selbst der bittere Tod!«

Nicol hatte mit ernstem Blicke zugehört, und wollte dem schadenfrohen Vetter auf seine Rede noch etwas erwiedern, als ein kleiner Bube in Festtagskleidern sich an die Hand des Dmitr hing, und ihn mit Ungestüm fragte: »Wo ist meine Braut, Schwager?« worauf Dmitr lächelnd nach einem jungen mit Blumen geschmückten Kinde, seiner jüngsten Schwester, die ganz ehrbar in der Mitte der Weiber saß, zeigte. »Dort sitzt Dein Bräutchen, Du wilder Sten. Ist sie Dir davongelaufen? Geh' hin und brauche Dein Hausrecht.«

Sten lief hin, schalt das vom Herumspringen ermüdete Kind aus, wie ein Erwachsener, gab ihm ein paar derbe Püffe, und zerrte es zu dem Tanze zurück. Andrei lächelte beifällig, strich sich schmunzelnd den grauen Bart, und sagte zu Sten's Vater, der neben ihm lag: »Das wird ein tüchtiger Hausherr, Bruder! Es reut mich keinen Augenblick, daß ich die Kinder so frühe verlobte. Mein jüngstes Mädel ist mir zwar das liebste Kind, aber verzogen, wie die Spätlinge zu seyn pflegen. Darum ist's gut, daß die Kröte schon ihren Bräutigam und Herrn hat, für den sie arbeitet, und den sie fürchtet wie den Vater. Dafür, daß man sie tagtäglich putzt und ehrt wie eine Braut, mag sie auch was leiden. Die Schläge, die ihr der Sten jetzo gibt, braucht er als Ehemann nicht auszutheilen. Sie wird glücklich werden, und Dein Bube eine wackere Magd an ihr gewinnen.« –

»Und er wird ihr keine Schande machen, wie der schwarze Joschuch seiner Maruzza und dem Gurul,« versetzte Sten's Vater mit
phlegmatischer Behaglichkeit.

Da kam ein Haufe jungen Volks gesprungen, und rief aus vollem
Halse:»Der Domno kömmt! der Domno! Sein Husar und Läufer
halten gerade unten im Dorfes.« – »Der Domno! der Grundherr?«
schrieen alle Anwesende entgegen, und stellten sich ehrerbietig mit
abgezogenen Mützen in einen Kreis, so wie unten im Dorfe Weiber
und Männer und Kinder auf die Schwellen ihrer Häuser traten.
Wirklich hatte auch der Edelmann, gefolgt von seinem Span, dem
Dorfrichter und einigen Geschworenen, den Weg zu Andrei's Hütte
eingeschlagen, weil der Blumenstrauß auf ihrem Gipfel, und die
jauchzende Menge davor seine Neugier erregten.

Der Edelmann war ein hagerer Greis mit langem Gesichte, ver-
drießlichen Lippen, und kahlem Haupte, welches er unter einem
dreieckigen Hute barg. Ein dunkler einfacher Pelz floß von seinen
Schultern, und schwarz mit schwarzen Schnüren besetzt, war seine
Tracht. Der Säbel klirrte an seiner Seite, klingende Sporen blinkten
an seinen Zischmen, und sein ungleicher Schritt verrieth den geüb-
ten Reiter, seine Haltung den ehemaligen Husarenofficier. Der Span
des Grundherrn war ein gewöhnliches Inspectorengesicht ohne
allen Ausdruck, gleichgültig und theilnahmlos, ein Werkzeug des
Herrn im Guten wie im Bösen. Er beeiferte sich, den Patron auf
Andrei's Haus, als auf eine Verschönerung des Dorfes aufmerksam
zu machen, und schwatzte viel von dem Glück der Bauern, einen
Herrn zu besitzen, der der edelste und gerechteste in ganz Sieben-
bürgen sey. Bei diesen Schmeicheleien schwieg der ernsthafte Dorfrichter, und Niemand von den Vorstehern ließ ein Wort verlauten.
Auch das Volk schwenkte nicht die Mützen, und rief kein Lebehoch! nur die Zigeunerbande, die schon einige Male die Ehre gehabt, auf dem Schlosse des Grafen ihre Kunst zu zeigen, jubelte und
schrie wie besessen, lockte eine geltende Fanfare aus ihren Instru-
menten, und gab dem Auftritte wenigstens dem Aeußern nach,
einen lebendigen Anstrich. Der Edelmann sah übrigens darnach
aus, als ob er sich aus solchen Ehrenbezeugungen nichts mache, ließ
die kalten Blicke über das Haus schweifen, und nickte gleichgültig
mit dem Kopfe. Sein Auge erheiterte sich nur dann, als es auf dem
kleinen Sten und dessen Braut haftete. Es war nicht möglich, den

gravitätischen Herrenernst des kleinen Jungen, und die spröde Demuth der winzigen Braut ohne Lächeln zu betrachten, aber bald trieb eine finstere Schwermuth den Strahl der Zufriedenheit von den Wangen des Grafen. Er drehte sich zu dem Span und sagte bitter:»Mir ist's nicht möglich, Inspector, bei dem Anblick solch' fröhlicher Jugend meine Wehmuth zurückzuhalten. Auch ich war Vater von blühenden Kindern; auch mir lächelte einst eine Tochter, und ein Sohn war die Hoffnung meines Lebens. Weh' mir, daß ich beide betrauern muß: die Tochter, die ich vor wenigen Wochen begrub, und den Sohn, der, ein armer Krüppel, dem Tode entgegensiecht.«

Indem er so redete, sah der Inspector nach der Seite, und rief dem Richter zu, der mit mehreren Hausvätern sich dem Edelmann zu nähern begehrte:»Bleibt doch zurück, ihr zudringlichen Leute! Seht Ihr nicht, daß der Herr Graf nicht von euch gestört sein will?«– Der Richter antwortete:»Verzeihe, Herr Span, aber eine redliche Bitte findet auch immer ein bereitwilliges Ohr. Der gnädige Herr ist sogar verbunden, uns zu hören, weil wir Gerechtigkeit von ihm verlangen!«

Der Graf schob den Inspektor zur Seite, und gab mit der Hand dem Richter einen Wink, zu sprechen. Derselbe sagte mit demüthiger Geberde und einschmeichelndem Tone:»Eine Fürbitte bringen wir, da wir glauben, daß unser Herr gekommen sey, um Gnade zu üben an seinen Unterthanen. Wir erinnern unsern Herrn nicht mit Freude an den Tag, wo der schwarze Joschuch einen freventlichen Angriff gegen den Sohn seiner Herrschaft wagte; aber wir müssen's thun, um für den armen Gurul ein Wort zu reden. Der Thäter ist in die Gebirge geflohen, und wahrscheinlich darinnen umgekommen, oder in's türkische Land gegangen, von wannen er nimmer wiederkehrt, wenn er nicht Lust hat, den schimpflichen Tod zu erleiden. Aber für den Entwichenen hat man den Unschuldigen gestraft, und den alten Gurul in Ketten gelegt, ob er gleich nichts von Allem wußte, was geschehen. Er ist über's Jahr gefangen gehalten worden, fern von seinem Hause, das in Armuth verfiel. Sein Weib und seine Tochter wären verhungert, wenn wir nicht mitleidig seinen Acker bestellt hätten. Nun aber kommt, nachdem der arme Mann kaum freigelassen, der Preßbote des Spans und droht, ihm Alles zu nehmen, wenn er nicht die Abgaben an den Herrn entrichte. Wir sind arme Leute allzumal, und müssen dem Herrn zinsen und dem Bischof, und dem König von Ungarn. Wenn wir aber in der Freiheit dieses kaum zu thun vermögen, wie soll der alte Gurul es erschwingen? Wir bitten um Nachlaß, um Nachsicht für den verarmten Mann.«

Nachdem der Richter geschwiegen, antwortete der Edelmann mit finsterm Blicke:»Du hast Deine Zeit nicht gut gewählt, Alter. Ich bin Vater, und mein Vaterherz blutet aus zwei off'nen Wunden. Es war die Sache der Gerichte, dem Verbrecher nachzuspüren, und sie haben gerecht gehandelt, da sie den Gurul frei ließen, wenn er unschuldig war. Ich werde ihn aber doch nicht belohnen sollen, weil seine Tochter Schuld ist, daß ich den einzigen Sohn verlor? Es ist traurig genug, daß der Schurke Joschuch der Strafe sich entzog. Laß' mich also aus dem Gedränge mit Deinen vergeblichen Bitten. Ihr könnt Euch über mich nicht beklagen; seht zu, wie streng andere Grundherren auf ihre Rechte sehen, und lernt meine Milde schätzen. Ich habe des Königs Dienst aufgegeben, um selber in der Mitte meiner Unterthanen zu wohnen, und für ihr Bestes zu sorgen. Lernt aber meine Gnade verdienen, und verschont mich mit Zudringlichkeiten. Wer von der Gemeinde übrigens gültige Ansprüche an mich zu stellen vermeint, der findet mich im Hause des Richters. Dem Gurul rathe man jedoch, vor mir nicht zu erscheinen.«

Somit wendete er den verblüfften Unterthanen den Rücken, und begab sich hinweg, begleitet von dem Span und dem unmuthig blickenden Richter. –

So stille, wie vor Andrei's Hütte geräuschvoll, webte das Leben der Menschen in den paar Häusern am Gießbache. Des Popen Wohnung, dort gelegen, hing vermittelst eines kleinen Gartens mit Gurul's Besitzthume zusammen, und an Gurul's Haus stieß wieder die Hütte von Joschuch's Mutter. Die Nachbarschaft hatte zwischen den Familien die innige Vertraulichkeit geschaffen, deren Frucht Maruzza's und Joschuch's Verlobung geworden war. Auch im Unglück waren sie sich treu geblieben. Die alte Mutter Fedra war die tägliche Hausgenossin bei Gurul, und das Weib des Letztern, Aya, unterhielt sich gern mit der Freundin von Joschuch, wie auch Gurul maulte und den Flüchtling haßte, weil er schuld an seinem Unglück gewesen. Die Frauen geben nie so leicht die Sache eines Verfolgten auf, und man sieht sie oft sogar das Verbrechen vertheidigen, wenn den Thäter ein hartes Loos betraf. –

Gurul lag faul, wie der Walache auf seinem Grund und Boden zu thun pflegt, unter den Zwetschgenbäumen vor seiner Hütte. Die sinkende Sonne verklärte mit ihrem Schein die ölgetränkten Papierrahmen vor den winzigen Fenstern des kleinen Hauses, und glitzerte in dem blutrothen Weine, der im grünen Glase neben dem Ruhenden stand. Aya kauerte unfern und bereitete für den Mann eine saftige Wassermelone, Fedra brachte auf einem Brette den so eben auf ihrem Herde fertig gewordenen Aschenkuchen von Kukuruzmehl. – Gurul betrachtete mit verdrossenem Auge alle diese Anstalten zu seiner Mahlzeit, und horchte träge auf das gleichförmige Geklapper des häuslichen Webstuhls, den im Hause Maruzza's Hände regierten; die kunstfertigen Hände, die im ganzen Gebirgsthale die schönsten, buntesten und haltbarsten Gewebe zu schaffen wußten, wie nicht minder das feinste Linnen und die funkelnden Stickereien von Wolle oder Seide, die des Walachen bescheidenes Gewand in eine phantastisch aufgeputzte Tracht umwandeln.

Die Melone war zerlegt und mit der scharfen Paprica bestäubt, als ein Mann um die Ecke kam, wo die Brücke über's Wasser hing. Er trug Ackergeräthschaften auf den Schultern, und ein Paar dürftig gefütterter Büffel schritten ihm vertraulich und langsam, mit den starken Häuptern an einander gefesselt, nach.

Der Mann war gekleidet, wie ein Bauer, aber lange, gut gepflegte Locken fielen unter dem breiten Hute von seinem Scheitel zur Schulter, und statt des hängenden Schnurrbarts walachischer Landleute, schmückte ein voller krauser Bart seine Wangen, Lippen und Kinn. – Gurul erhob sich langsam, kroch beinahe dem Andern entgegen, küßte ihm die Hand, und sprach: »Guten Abend, Vater! Ihr war't lang auf dem Felde, und mittlerweile ist der Domno schon geraume Zeit im Dorfe.« –

»Ich weiß es, mein Sohn!« versetzte der Pope der Gemeinde mit gleichgültigem Tone: deßhalb kehre ich früher heim, um mich in meinen Rock zu kleiden, und dem Herrn aufzuwarten. Freilich habe ich nichts von ihm zu erwarten, aber viel zu befürchten, wenn ich die Höflichkeit versäume.«

»Guten Abend, Vater!« sprachen nun die Weiber, herbeikommend, und küßten auch die Hände des Popen:»Eure Kinder sind frisch auf,« setzte Aya freundlich hinzu,»sie sitzen zu den Füßen meiner Maruzza.«

»Die Heiligen werden die Fürsorge vergelten, welche Deine Tochter meinen Kindern schenkt!« antwortete der Pope mit einer dankbaren Thräne.»Maruzza ersetzt ihnen, so gut sie kann, die Mutter, weil diese nicht mehr aus dem Himmel geht, ob ich gleich keinen Freitag versäume, auf ihrem Grabe zu beten. Wenn mich der Bischof in's Kloster schicken sollte, so bliebe Maruzza die einzige Hoffnung für meine Kleinen.«

Hierauf ging er in sein Haus, um sich anzukleiden. Gurul aß und trank, und erlaubte den Weibern, bei seinem Mahle zuzugreifen, worauf jede derselben ein Stück Melone und Malai nahmen, damit ein paar Schritte weit gingen, sich niederhuckten, die Arme über der Brust kreuzten, und abwechselnd von der Frucht und dem Kukuruzbrode genossen. – Als nach kurzer Weile der Pope in seinem langen mit vielen Knöpfen versehenen lichtblauen Rocke vorüberging nach dem Innern des Dorfs, sagte Aya, gleich wie hingeworfen:»Du hättest wohl auch gehen sollen, Herr, dem Domno das Kleid zu küssen, und um Nachlaß zu bitten.«

Gurul schüttelte trotzig den Kopf, und erwiederte: Das soll man dem Gurul nicht nachsagen. Der Domno hat mich im Loch sitzen lassen, daß ich einmal das Osterfest und zweimal das Fest der Wasserweihe darinnen zubringen mußte: ich bin mit ihm fertig. Wenn der Richter was ausrichtet – meinetwegen. Wenn nicht – meinetwegen auch.«

»Ihr habt recht!« meinte alsobald die alte Fedra, eine scharfe bitter vorlaute Zunge:»Er hat Euch arm gemacht; vor dem Teufel hilft keine heilige Lampe. 's ist kaum der Mühe werth, dem Edelmann ein gutes Wort zu geben. Ein Ungar gilt nicht viel mehr, als ein Morre oder Zigeuner. Aber was hilft's? Er ist der Herr, und wir sind seine Lastthiere!«

Gurul, der sein Mahl geendet, wischte sich mit dem Aermel den Mund, bekreuzte sich ein Dutzendmal, und entgegnete auf Fedras Bemerkung:»Beim heiligen Nicolaus! freilich sind wir die Knechte. Herr erbarme Dich unser! Unser Leben ist ein langer Rosenkranz von Zehenten und Steuern, und Robothen. Ein Narr ist, wer nur einen Halm mehr zieht, als er für's Maul bedarf, weil ihm der König und die Herrschaft von zehn Körnern kaum viere lassen. – Schindet uns der Ungar nicht, so thut's der Sachse oder der Zeckler. Unser Volk ist überall unterdrückt, und muthige Leute fehlen uns.«

»Nun, mein Joschuch hat doch gezeigt, daß er ein tüchtiger Mann ist, der nichts einsteckt oder leidet!« rief Fedra mit prahlendem Stolze. – Gurul aber erwiederte zornig: »Schweigt, Fedra! ich könnte dem Buben noch heute den Kopf zerschmettern, daß er ein so elendes Stück gemacht, was mich in's Gefängniß brachte. Bei St. Stephans Blut, hätte er den jungen Domno nicht im Walde, als er auf der Jagd war, treffen und erschießen können? Ein Dieb hätte es gethan haben müssen. Aber im offnen Dorfe, vor allen Leuten! – Aya, noch einen Krug Wein, daß ich mir die Galle vertreibe. Geschwinde! He, soll ich Dir Beine machen?«

Aya floh wie eine demüthige Sklavin vor der geballten Faust des Gebieters in's Haus; Gurul fuhr aber heftig zu Fedra gewendet, fort: »Einen unschuldigen Mann in's Loch zu stecken! ihn zu behandeln, wie man einen Spießgesellen des Gloska behandelte! Joschuch ist an allem Schuld. Ich habe das Fest der Wasserweihe zweimal im Kerker zubringen, müssen; das vergesse ich ihm nicht; ich bin arm geworden durch seine That, das vergesse ich ihm bis zu meiner letzten Stunde nicht. Vielleicht kommt noch heute der Span und sein Knecht, mich aufs Neue wegen der Steuer in's Gefängniß zu werfen, weil Korn und Vieh schon lang dahin ist. Das verdanke ich Deinem Sohn, Fedra!«

Fedra hätte gerne, von ihrer eigenen Heftigkeit dahingerissen, Zorn mit Spott vergolten, aber sie fürchtete die schwere Hand des Nachbarn, und murrte verstockt vor sich hin: »Euch sieht's noch an, so arg das Maul zu gebrauchen, da Ihr doch nur ein bischen Wohlstand verloren habt, der Euch beschwerlicher war, als nützlich. Hattet Ihr viel, mußtet Ihr dem Domno viel geben, dessen Sohn Euer Kind zu seiner Metze machen wollte. Er hätte sie auch dazu gemacht, denn der Herr kann Alles, wenn nicht mein ehrlicher Joschuch es verhindert hätte: mein Kind, das ich verloren habe, auf immer verloren, ohne zu wissen, wohin es gekommen; ich arme Wittwe! ich arme verlassene Mutter! Ihr, Nachbar Gurul, könnt leicht wieder zu ein paar Pferden, zu einer Schafheerde und zu einem Hof voll Federvieh gelangen; mir jedoch gibt Niemand den Sohn zurück! Wenn ich nun auch hintreten wollte, um zu sagen, daß an meinem Unglücke nur die Verlöbniß zwischen Joschuch und Maruzza schuld gewesen? Der unselige Brautstand, den Ihr veranlaßt habt, als noch Maruzza an Aya's Brüsten trank, und ich den Joschuch allenthalben auf meinen Rücken hintrug?«

Gurul machte dem betrübten Weibe ein paar falsche Augen, und ließ seinen Groll an der zurückkehrenden Aya aus, indem er ihr einen derben Schlag über die Schulter gab, und behauptete, sie habe ihm den Wein getrübt den er nichts desto weniger begierig in sich schüttete, gleich dem trefflichsten Menescher. Dann sprach er rauh, seine Pfeife hervorholend, und den Tabaksbeutel von seinem Gürtel nestelnd:»Heult nicht, Mutter Fedra! Das kann ich nicht vertragen. Das Heulen bringt Euch eben so wenig den Sohn zurück, als mir mein Gut wiederkäme, wenn ich auch den Fiscal und das Comitat gegen den Domno aufhetzen wollte. Unrecht behält Recht; das ist immer so, Mutter Fedra. Ich rühre mich im Leben nicht mehr. Wenn Alles im Hause aufgezehrt ist, mag der große Gott weiter helfen. Wer nicht in Zischmen gehen soll, geht in Opintschen von Büffelhaut. Der Brinsa in der Baumrindbüchse schmeckt so gut, wie der feinste Käse auf einem gold'nen Teller – wenn man Hunger hat. Wozu sich plagen auf der Welt?«

Aya seufzte bei diesen Worten, und sagte, jedoch nur halb laut: »Ihr Männer plagt Euch ja ohnehin nicht im Geringsten; habt Ihr das Feld geackert, und die Frucht nach der Stadt gefahren, so habt Ihr ja ohnehin schon Alles gethan. Wenn Ihr vollends auch dieses unterlassen woll't, was soll denn daraus werden?«

»Prügel für das widerbellende Weib!« drohte Gurul mit einer bezeichnenden Geberde, ohne jedoch seine Stellung zu verändern. Aya verstummte schon vor dieser Geberde, aber Gurul fuhr, vom beginnenden Wein- und Tabakstaumel tückisch werdend, bissig fort:»Dein Sinn steht gewiß nach dem neuen Hause und dem Viehstand des Dodje Andrei? denn der alte Russniak verdreht Euch Allen mit seinem erwucherten Reichthum den Kopf. Die Hexen müssen ihm geholfen haben, denn ihm hat nie ein Unglück, oder das böse Auge geschadet. Der schlechte hochmüthige Kerl hat freilich mehr Glück als ein wackerer Hausvater. Es thut Dir wohl leid, daß der Bengel von Dmitr nicht unsere Maruzza heimgeführt hat? Wie könntest Du jetzt bei dem neuen Hause mit den Nachbarinnen Dich lustig machen! Statt hier den Malai zu kauen, würdest Du dort das weiße flaumige Hopfenbrod essen, und noch ein paar bunte Fetzen mehr um Deinen alten Kopf winden, und Dich blähen im Reichthum des hochmütigen Dodje! Das schwarze Wetter soll in die Hexenwirtschaft schlagen, und auch in die Deinige, wenn Du nur mucksest und bereuest, daß Du mein Weib geworden!«

Aya zitterte, und bat mit unterwürfigem Tone:»Erzürne Dich doch nicht, Herr! ich will ja gern schweigen und Dich bedienen, wie es mir zukommt, und Dein Unglück bedauern, wie eine rechtschaffene Frau.« Fedra stieß aber das Weib heimlich an, und flüsterte ihm zu:»Du siehst ja Nachbarin, daß er berauscht ist. Mein seliger Mann war um kein Haar anders; da regnete es Schläge, bei dem geringsten Anlaß, und alle Freundinnen beneideten mich, daß ich einen so starken wilden Mann hatte. Ach mein lieber Joschuch wäre gerade so geworden!« – Heiße Thränen stiegen in die Augen der alten Mutter, und Aya hing betrübt den Kopf, und sah ihre Tochter nicht, die sich unter der Thüre der Hütte zeigte, nachdem sie den Webstuhl auf die Seite geschoben, und die Kinder des Popen auf den Arm genommen. Gurul gewahrte aber durch seinen Taumel hindurch das Mädchen, wie es so stattlich dastand, in dem einfachen dünnen und faltigem Hemde, die starken schwarzen Zöpfe um das Haupt gelegt und befestigt mit glänzenden Nadeln und geschmückt mit Blumen von den hellsten Farben, funkelnd und brennend, wie die Stickerei am Saume des Gewands, und das kunstreiche Gewebe des Gürtels und der bunten Schürzen, die sowohl rückwärts als vorn über das weiße Gewand herabfielen. Der Vater sagte, sich einen Augenblick der glücklichen Erinnerung hingebend, und freundlich den Bart streichend:»Ja, vordem waren bessere Zeiten, da wir jung waren, Aya, und Du aussahst, wie jetzo Deine Tochter, und ich, ein rüstiger schlanker Bursch, vor Dir stand und Deine Liebe begehrte. Bei St. Stephans Blut! ich suchte auch meines Gleichen, wenn ich geputzt war, und mir die Haare schön gesalbt hatte mit dem Oel aus der heiligen Lampe. Ich habe manchen Polturaken dafür an den Popen gegeben, in der Meinung, die Heiligen sollten mich segnen, bis an meines Lebens Ende, und nun, was habe ich nun davon? daß ich mir nicht einmal mehr, ein Bohnengericht oder einen Schafsbraten zurichten lassen kann.«

Murrend senkte der Alte sein Haupt, und düsterte so vor sich hin, während Mutter Fedra an ihren Sohn dachte, und Aya mit frommen Troste meinte: es könnte am Ende doch noch Alles besser werden.

Sie hatten noch nicht ausgeredet, als man Jemand über den Steg kommen hörte, worauf in einem Augenblick der Span des Edelmanns vor den Bewohnern der Hütte stand. Gurul raffte sich taumelnd auf, und versuchte mit wildem Blick eine sclavische Verneigung; die Weiber standen mit gefalteten Händen, stille erwartend, was sich nun begeben würde. – »Nun, wie steht's, Bauer?« hob der Inspector, bereits mit drohendem Tone, an: »Du bist schon seit ein paar Wochen aus dem Comitatsgefängniß entlassen, und hast noch immer nicht daran gedacht. Deine Rückstände an den Herrn zu zahlen. Vielmehr unterstandst Du Dich, den Boten, den ich Dir schickte, zu beleidigen, und aus dem Hause zu werfen Du bist der schlimmste Unterthan, den mein gnädiger Herr auf seinen Dörfern zählt. Dein aufrührerisches Gemüth steckt auch die übrige Heerde an, und der Graf hat mit besonderm Zorn vernommen, daß der Richter sich nicht entblödete, für Dich das Wort zu führen. Zum letzten Male rathe ich Dir, Deiner Widerspenstigkeit ein Ende zu machen, und auf der Stelle Deine Schuld zu bezahlen!«

Gurul wurde bleich durch die gebräunte Wange hindurch, während die Weiber zusammenbebten, und sagte mit erstickter Stimme, indem er krampfhaft die Pfeife in seinen Händen drehte: »Da ist meine Hütte, Herr! dort ist mein Stall; aber in der Hütte ist nichts, und der Stall hängt voll Spinnweben. Macht damit, was Ihr wollt. Der Teufel segne Euch das bischen Speise, was Ihr noch in meine« Ofen findet; weiter habe ich nichts.«

»Du!« drohte der Span, und hob bedeutungsvoll seinen Stock, worauf der Walach sich einige Schritte zurückzog, und schweigend die Zähne übereinander biß. Der Inspector fuhr fort: »Wenn Du nicht bezahlen willst oder kannst, so wirst Du mit Deinem Leibe büßen müssen. Du schlemmst, wie ich sehe, bei Wein und leckerm Mahle; in der Keuche wird Dir jedoch der Uebermuth vergehen.«

»Meinethalben!« versetzte Gurul störrisch, und stellte sich wieder dem Inspector herausfordernd entgegen: »So wüßt Ihr mich in der

Keuche ernähren, und meine Weiber betteln gehen lassen.« – Der Span erwiederte:»Gegen das letztere werden schon die Gerichtsknechte Sorge tragen. Es läuft des müßigen liederlichen Gesindels genug im Lande umher. Der Herr ist entschlossen, das strengste Beispiel zu geben. Ihr nichtsnutzige Bauern, die Ihr nur von der Gnade der Herrschaft lebt, wollt Ihr Trotz bieten? Kurz und gut, um mit einem Sünder Deines Gleichen nicht mehr Worte zu verlieren: entweder Du rückst auf der Stelle mit Deiner Schuld heraus, oder ich lasse Dich jetzo gleich einstecken.« – Gurul, wankend auf seinen Füßen vor Weines Uebermaaß und ohnmächtigem Grimm, vermochte nicht zu antworten, aber er machte unglücklicher Weise, den Span zu höhnen, eine schmutzige Geberde, die der Walache in gereizter Stimmung gegen einen verachteten Feind anzuwenden pflegt. Im Nu saß hierauf ein derber Stockschlag auf Guruls Schulter. Die Weiber schrieen auf, obgleich unthätige Zuschauerinnen; die Kinder an Maruzzas Hand heulten; Gurul knirschte jedoch mit den Zähnen, rieb sich mit der rechten Hand die Achsel, und suchte mit der Linken nach dem Messer, das an einer der Gürtelschnüre an seiner Seite hing. Zum Glück kam der Pope daher, und trennte mit einigen Worten der Ueberredung die erhitzten Gegner, obgleich seine Vermittlung nicht nachhaltig war. Gurul versuchte, in heftiges Schreien ausbrechend, das Mitleid des Geistlichen noch mehr zu entflammen, und der Span, ein eifriger Katholik, schalt auf pöbelhafte Weise den von ihm gering geachteten griechischen Pfarrer. »Wir brauchen Deine Worte nicht, schäbiger Pfaffe!« schnaubte er: »Du sollst mich wahrlich nicht hindern, diesen besoffenen Schurken zur Haft zu bringen, wenn Du nicht für Deinen Landsmann und Beichtsohn das Geld zahlst, daß er der Herrschaft schuldet.« –»Ei was!« murrte Gurul, mit einem finstern Seitenblick auf den Popen: »Der Vater hat selbst nichts. Ihr vermaledeites ung'risch Volk hungert den Hirten mit der Heerde aus.« –»Herr, wie mögt Ihr also reden?« sagte auch der Pope mit bitterer Kälte zu dem Inspektor: »Ist denn das Elend in unsern Pfarrwohnungen geringer als in den Hütten dieser armen Leute? Muß ich denn nicht selbst wie der geringste Knecht mein Feld bestellen, weil ich nicht vermögend bin einen Arbeiter zu bezahlen? Und bringe ich denn, trotz Schweiß und Noth, mehr davon als das nackte dürftige Leben? Laß't doch das Mitleid etwas gelten! Schenkt dem Manne noch einige Nachsicht; denn dem Grundherrn ist's doch wahrlich gleich, ob er die

paar Thaler einen Monat früher erhält, oder um so viel später.« –
»Nichts da!« poltert der hartnäckige Inspector:»Du verstehst den
Teufel von dem Verwaltungsgeschäft! Wollten wir allen diesen
faulen Schuften die Steuern nachsehen, so würden wir das ganze
Jahr hindurch nicht einen Gulden einliefern. Ihr Pfaffen aber macht
das Volk so träge und widerspenstig durch Euern Aberglauben,
und seyd eine Pest, wie die Zigeuner. Der Faulenzer hier hat zur
Zeit der Ernte nicht in Früchten bezahlt, was er seit zwei Jahren
schuldet; er zahle es also jetzo in Geld. Der Nachsicht ward schon
viel zu viel an ihm verschwendet!«

»Eine schöne Nachsicht, als der Mann im Kerker lag, und nichts
verdienen konnte!« ließ sich hinter dem Span eine Stimme vernehmen, und ein junger Mann, Dmitrs Vetter, Nicol, seit einer Weile
Zeuge des barbarischen Auftritts, trat zwischen die Streitenden.
»Schämt Euch, die Armuth so zu mißhandeln!« fuhr er fort: Wenn
der König das wüßte – Ihr sammt Eurem Herrn würdet übel fahren.
Aber Wien ist leider weit, und nicht einmal zum Gouverneur nach
Klausenburg dringt der Wehruf dieser Unglücklichen.« – Der Inspector sah sich betroffen nach dem kühnen Nicol um, und fragte
barsch:»Wer bist Du? hast Du ein Recht, hier darein zu reden?« –
»Ich gehöre nicht unter Euren Zwang;« versetzte Nicol scharf:»ich
bin kein Unterthan des Grafen, wenn ich gleich Verwandte in dieser
Gemeinde habe. Ich habe bei Benjowsky gedient, ich habe Feldzüge
im Dienste des Königs gemacht. Die Güte meines Grundherrn, der
mir Dank schuldig ist, hat mich vom Soldatenstand befreit, und mir
einen Dienst im Vaterland versprochen. Wenn ich gleich wieder ein
Bauer scheine, so habe ich doch die Welt gesehen, gegen die Fran-
zosen gefochten, und mehr Menschlichkeit vom Feinde erfahren, als
Ihr an Eures Herrn Unterthanen beweis't, obgleich Ihr nicht einen
Schritt über die Gränzen des Comitats hinaus gekommen seyd.
Schneidet kein Gesicht, und verhaltet Euch ruhig, ich habe schon zu
Szember, wo Ihr als Verwalter standet, genug Schlechtes von Euch
gehört, und möchte es wohl beim Obergespan anbringen, den ich
binnen Kurzem zu sehen hoffe, wenn Ihr nicht augenblicklich die
Fahne einzieht!«

Die derbe Mahnung an gewisse Schurkereien, deren er sich in
Szember schuldig gemacht, verschloß dem Inspector plötzlich den
Mund, und stimmte seine heroische Hitze bedeutend herab. Er

begnügte sich, den sich einmischenden Fremdling mit vernichtendem Blick zu messen, und sagte, nachdem er eine Weile seine Gedanken gesammelt:»Wir sprechen noch zusammen, guter Freund! Zuvörderst will ich Euch doch nur bemerken: daß Ihr, wäret Ihr der Gouverneur selbst, kein Recht habt, meines Herrn Ansehen und Gewalt zu schmälern. Der Adel hat Privilegien, die Kaiser und Könige nicht umzustoßen vermögen, und sein erstes Vorrecht ist die unumschränkte Erhebung der Steuern. Darum schweigt, wenn Ihr für den Bauer hier nicht selber klingende Zahlung leisten wollt!«

»Zum Teufel, das will ich ja!« rief Nicol zur großen Verwunderung des Spans und Gurul's selbst:»Sagt mir, wie hoch sich die Schuld beläuft, damit wir hier zu Ende kommen.«– Dabei knüpfte er einen ziemlich schweren Beutel von seinem Gürtel, und schüttelte den Inhalt, der silberhell in die Ohren des Gläubigers und des Schuldners klang. Der Span säumte nicht, den ganzen Betrag seiner Forderung mit möglichster Uebertreibung aufzuzählen, und Nicol zahlte eben so unverweilt, und gleichsam, als ob er dazu berufen wäre, die Summe in schönen ungarischen Thalern. Der Inspektor schob verblüfft das Geld ein, während der Pope dem freundlichen Geber die Hand drückte, die Weiber mit ungemessener Freude in die Hände klatschten, und der aus dem Himmel gefallene Gurul dem König ein kreischendes Lebehoch ausbrachte. Ohne sodann den Bauer mehr eines Blickes zu würdigen, sagte der Inspektor zu Nicol mit hämischem Ausdruck:»Du bist ein sonderbarer Kauz, und ich werde dem Grafen, wenn er morgen von seiner Meierei zurückkehrt, von dem großmüthigen Fremdling berichten, der in dieser Herrschaft so freigebig für seine verarmten Landsleute bezahlt. Das Geld mag herkommen, woher es wolle, dieses wollen wir jetzt nicht untersuchen – aber ich wünsche, daß Dich nicht gereuen möge, es für diesen alten Taugenichts hingegeben zu haben – es möchte denn seyn, daß Dich seine buhlerische Tochter schon dafür belohnt hätte.«

Nach dieser Rede voll Bosheit schwenkte der Inspector mit raschen Schritten nach dem Stege ab, und hatte Recht, daß er es that, indem Nicol viel Lust empfand, ihm noch einen Denkzettel auf den Weg zu geben. Der eigentliche Stachel der lügenhaften Voraussetzung des Spans war abgestumpft, denn weder Maruzza noch ihre Aeltern hatten etwas von diesem Abschiedssegen vernommen, und er fiel bei Nicol nicht in ein empfänglich Ohr. Der junge Mann hatte ja gerade um Maruzza's Willen den Weg nach der Hütte gemacht, zu der verzeihlichen Neugierde aufgefordert durch das einstimmige Zeugniß, welches die Leute im Dorfe von der stolzen Unbescholtenheit des Mädchens gaben. Der traurige Ausgang ihres Brautstandes hatte in ihm ein mitleidiges Herz gefunden, und ein dunkles Gefühl trieb den Jüngling an, zu versuchen, ob er nicht das unthätige Mitleid in einen gefälligen Trost verwandeln möchte. Die Gestalt Maruzza's, die sich ihm nun, gleich den Uebrigen, dankbar nahte, war so schön, als er es nur erwartet hatte, und er mußte sich gestehen, so viel Reiz in diesen Thälern nie gesehen zu haben. Einen Blick aus Nicol's kühnem Auge verrieth dem Mädchen seine Gedanken, seine Wünsche, und die Jungfrau staunte nicht, als der Fremdling, da schon der Sternenschimmer vom Himmel leuchtete, und er von der Familie scheiden mußte – mit dem Versprechen: sobald als möglich wiederzukehren – sie halb scherzhaft, halb im Ernste fragte: ob sie nicht schon die Trauer um den Verlobten abgelegt, und willens sey, einem neuen Freier ihre Liebe zu schenken. Sie erwiederte aber mit dem unbefangenen Freimuth, der sie zum Sprichwort im Dorfe gemacht hatte:»Ich sehe Euch gern, Nicol; aber ich hoffe, daß mein Bräutigam noch lebt, und bin entschlossen, ihm den Eid zu bewahren.«

Des Geredes war mancherlei unter den Bewohnern und Freunden von Gurul's Hütte, da der Retter aus der Noth sich entfernt hatte. Der Pope sprach von nichts wenigerm als von einem Wunder, und einem in Nicol verkörperten Engel; Fedra jauchzte, daß der Span so völlig besiegt hatte abziehen müssen; Aya flüsterte ihrer Tochter zu: daß Nicol ein guter Schwiegersohn seyn würde; Maruzza gab dieses zu, verwies aber auf Joschuch's immer noch bestehende Rechte; Gurul dagegen wußte dem jungen Manne so eigentlich keinen Dank, sondern hörte nicht auf, sich zu verwundern, daß ein wildfremder Mensch sich so schnell entschließen konnte, ein nicht unbedeutendes Geld für einen Mann hinzugeben, den er im Leben noch nie gesehen.

»Der Bursche ist ein Verschwender!« rief er in trunkenem Uebermuth und rohem Scherz:»ein Verschwender, den man von Gespanschaftswegen einsperren sollte! Wer hieß ihn meine Schulden bezahlen? weiß er denn, ob er nur eines Krautkopfs Werth dafür zurückerstattet erhält? ich witt're wohl, woher die Freigebigkeit. – Er hat in Maruzza's Gesicht geschaut, und ihre Augen haben ihn bezaubert; aber er kennt die Dirne schlecht. Maruzza nimmt keinen Landstreicher, von dem man nicht weiß, woher er ist, und woher er sein Geld hat. Er sagt freilich: daß er Beute gemacht hat, Franzosenbeute, oder wie die Schufte heißen, mit denen der König Krieg führt. Hat aber leicht reden, der Aufschneider, weil wir gutmüthige Leute sind, die höchstens nach Kronstadt reisen. Das Alles kann erlogen seyn. Auf der Gränze in den Felsen und Wäldern treiben sich manche, rüstige Kerle herum, die ihr Geld leicht von den Reisenden verdienen, und mit der Miliz immer im Streite, liegen. Der Nicol wär mir nicht zu gut für einen solchen. Was kümmert's aber mich, woher er das Geld hat, wenn nur der Span mit langer Nase abziehen mußte. Doch ... Maruzza ... nimm Du Dich vor ihm in Acht! Er könnte auch so ein verdammter Geist seyn, der immer einen Tag über den andern aus dem Grab steigen, und in eines Andern Leibe umherwandeln darf. Solch' ein Gespenst hat nichts lieber, als Jungfernblut, und daher hüte Dich, mein Kind! Nicht wahr, Vater? Ich möchte wissen, wo der Kerl eigentlich begraben liegt ... ich würde selber hingehen, ihm einen Pfahl durch den Leib zu rennen, damit er nicht wieder käme, um Dir das Blut aus dem Leibe zu saugen, und von mir, das geliehene Geld wieder haben zu wollen.«

Mit diesen Worten taumelte er – es war die höchste Zeit – nach der Hütte, und warf sich, angezogen, wie er war, auf die Ofenbank, wo er entschlummerte, und seinem Weibe die Sorge hinterließ, die Opintschen von seinen Füßen zu schnüren, und ihn zurecht zu legen, wie es die Bequemlichkeit erheischt. Der Pope ging mit seinen Kindern nach dem öden Pfarrhause, und auch Febra nahm von Maruzza für die Nacht Abschied. Doch sagte sie beim Lebewohl mit bekümmertem Gesichte:»Liebe Maruzza, ich habe wohl gehört, daß der fremde Mensch Dir Knall und Fall sein Herz antrug, aber ich bitte Dich, Du wollest Dich doch um meines Joschuch's willen bedenken! Als der arme Junge den Sohn des Domno niedergeschossen, und flüchtig wie ein Vogel zu mir in die Hütte surrte, um Abschied zu nehmen, wer weiß aufs wie lang. – da sagte er:»Du sollst ihm Deine Liebe aufheben, weil er nicht ruhen und rasten werde, bis er in einem andern Lande für sich und Dich und mich ein freies Plätzlein gefunden habe, und er setzte hinzu: daß es das größte

Unglück geben würde, wenn er je zurückkäme, und Dich als eines Andern Frau fände.« Nun hat er freilich, seitdem er schied, lein Lebenszeichen von sich gegeben, und liegt vielleicht schon lange, von einem Bären zerrissen, oder von einem Szekler erschossen, in wilder Bergschlucht. Aber bevor wir nicht unumstößlich erfahren, daß er nicht mehr am Leben – vor dieser Zeit schalte nicht über Deine Hand, Maruzza. Versprich mir das!«

Maruzza sah ihr treu und fest in's Auge, schüttelte ihre beiden Hände, und antwortete:»Sorge nicht, Mutter Fedra! Was die Aeltern einst beschlossen haben ohne mein Zuthun, denk ich jetzt mit besonnenem Willen zu erfüllen. Der Ring, den mir Joschuch gegeben, und den der Vater mir trotz meines Widerwillens an die Hand gesteckt, ist die silberne Kette, die mich an ihn bindet. Freiwillig hätte ich mich vielleicht nie mit Eurem Sohne verlobt; da ich es aber einmal gezwungen that, will ich auch ferner im Unglücke an ihm hängen, ohne Menschenfurcht und ohne Rücksicht für mich. Die Heiligen werden ja helfen, denk' ich!« – Somit entließ sie die alte Fedra mit voller Beruhigung, und setzte sich in der milden Nachtluft auf die Bank vor der Hütte, um ihre Augen an dem Spiel der Mondstrahlen in den schnellfluthenden Wellen des Kiesbachs zu ergötzen.

»Maruzza! geh', lege Dich zu Bette!« rief die Mutter zu wiederholten Malen in der Hütte, und die Tochter antwortete immer:»Laß' mich, Mutter; die Nacht ist so schön, und ich kann nicht schlafen.« Dann rief auch Aya nicht mehr, weil sie selbst, von den Mühen des Tages erschöpft, entschlummerte, und Maruzza überließ sich ungestört dem Wechsel von Empfindungen, den ihr wunderliches Schicksal und ihre Ungewisse Zukunft in ihr hervorbrachten. Die Nacht ist ohnehin geeignet, die Sehnsucht zu wecken, die vor der Sonne flieht, aber mit dem Monde traulich koset.

Maruzza hatte jedoch nicht lange gleich einer Königin den Hofstaat ihrer Gedanken um sich versammelt, als schon ein nahes Geräusch sie störte. Sie glaubte das Geraschel einer Schlange zu hören, und fuhr von ihrem Sitze auf, und griff nach der hölzernen Klinke der Thüre; ein starker Arm hielt sie zurück, und wie sie dem nächtlichen Gast, der um den Zaun geschlichen war, forschend in's Antlitz blickte, entfuhr ein Laut der Ueberraschung ihren Lippen.

»Gabor! um aller Heiligen Willen, Gabor! welch' ein Glück führt Dich hieher? woher um diese Stunde? was bringst Du mir? ich sah Dich schon so lange nicht.«

Gabor, ein, Jüngling in der Blüthe der Kraft, gekleidet in die malerische Tracht der walachischen Bauern, antwortete vertraulich und fröhlich auf Maruzza's Rede:»Hast Dich geängstigt, armes Herz? Es ist nicht anders: Männer müssen jagen, Weiber müssen zagen. Der Lebenslauf eines Flüchtlings ist rund wie eine Kugel, und rollt, wer weiß wohin, wer weiß wie lang. Ich habe einen weiten Weg gemacht, und fürchtete Dich im Schlaf stören zu müssen. Ich saß eine gute Weile schon in Eurem Garten, wo die Bohnen eine Laube bilden, und wo ich das Fenster Deiner Kammer weiß. Mutter Aya's Ruhe ließ mich jedoch errathen, daß Du noch außen weilest, und mir ist's lieb. Man kann hier traulicher plaudern, als durch den Fensterladen. Ich bringe Dir Grüße von einem Freund!«

Maruzza schlug, verwundert die Hände zusammen, und fragte dringend:»Ist es denn möglich, was ich ahne? Du hättest ihn also wirklich gefunden? O sage – es ist ja schon so lange her, daß Du von hinnen gingst – wo entdecktest Du seine Spur, wo ist er, wo weilt er? Belüge mich nicht, Gabor!«

»Gabor belügt nur seine Feinde, denn dazu hat ihm Gott die Schlauheit gegeben;« versetzte der Jüngling:»seinen Freunden sagt er die Wahrheit. Du bist mir immer noch lieb, Maruzza, ob Du gleich meine Bewerbung um Joschuch's Willen zurückwiesest. Ich war Dir nie böse, weil ich auch Fedra's Sohn liebte, denn Du weißt, das wir innige Freunde waren, und alle Lust der Jugend zusammen theilten. Du weißt auch, wie ich vom Dorfe fortging. Mein Gut hatte ich verschwendet, eine übel berathene Waise, und sehnte mich, Joschuch's Schicksal zu theilen, der bei seiner Flucht mich beredet hatte, ihn am eisernen Thore aufzusuchen. Ein guter Geist führte mich; wir vereinigten uns, und strichen durch die Welt längs den türkischen Gränzen auf und ab, bis zum heutigen Tag. Da fiel dem Joschuch plötzlich mit aller Macht ein, daß er ein liebes Kind zu Hause zurückgelassen, und er trug mir auf, den Schatz von ihm zu grüßen. Von dem Paß am eisernen Thore grüßt er Dich.«

»Wie? Du machtest den weiten Weg, um mir ein Wort der Liebe zu bringen?«

»Warum nicht? ich habe schon den höchsten Berg erklimmt, um eine Blume zu holen, die am nächsten Tag verwelkte, den längsten Wald durchwandert, um einen Vogel zu fangen, der am zweiten Morgen starb – wie sollte ich nicht für den Freund, und um Maruzza zu sehen, ein paar Tage laufen? er schickt mich als seinen Boten, zwar mit leeren Händen, aber mit dem Auftrag, zu erforschen, ob Du ihm Dein Wort gehalten?«

»Das habe ich, Gabor! Er hätte dieses voraus wissen können. Doch war der Zweifel von seinem Argwohn zu erwarten. Sage ihm, daß wir arm geworden sind durch seine rasche That, daß ich aber nicht aufhörte, meinen Reichthum in der Hoffnung zu finden, von ihm nicht vergessen zu seyn.«

»Ach, diese Versicherung wird auch ihn wieder reich machen! Gute Maruzza, er hat nichts mehr auf der Welt, als Dein Vertrauen. Das schlimmste Loos eines Flüchtlings hat ihn betroffen. Entblößt von Allem, lebt er im finstern Wald von wilden Beeren und Schwämmen; Vogeleier, oft mit Lebensgefahr aus dem Neste geholt, sind seine Leckerbissen, denn obgleich seine treue Flinte ihn nicht verließ, so mangelt ihm doch seit langem das Geld, Pulver und Blei zu erhandeln, um im Forst auf die Jagd zu gehen. Aber mehr noch als der Mangel drückt ihn eine Krankheit zu Boden, die ihn plötzlich überfiel: ein Fieber, nach einem kalten Bade, das in der einsamen Höhle, worinnen er liegt, den Hülflosen derb durchschüttelt.«

»Herr, erbarme Dich unser! Du konntest ihn verlassen und Tagreisen weit von ihm gehen, während er mit dem Fieber, vielleicht mit dem Tode ringt? Ach, Gabor, Du belügst mich! Du bringst mir seinen *letzten* Gruß: Du kommst von seinem Grabe; gestehe mir's, und spanne nicht meine Seele auf eine ärgere Marter.«

»So wahr meine Seele lebt, so gewiß lebt auch er! Doch frägt er Dich durch meinen Mund, ob Du noch an ihm hängst, dem Bettler, dem gänzlich Hoffnungslosen? Er hat Dir nichts zu bieten, wohl aber bettelt er von Dir eine Gabe des Mitleids oder der Liebe. Kannst Du ihn unterstützen, mit Geld, mit Nahrungsmitteln; mit Kleidern, so thue es. Ich besorge die Gabe richtig in seine Hand.«

Maruzza sprang unruhig von der Bank auf, rang die Hände, überzählte in Gedanken die wenige Habe, welche sie ihr Eigenthum nennen konnte, und sagte mit Zagen und Beschämung: »Lieber

Gabor, Joschuch und ich sind jetzt wieder ein Paar, das sich für einander schickt. Der Arme wendet sich an die Bettlerin. In des Vaters Hütte findet sich nicht eine Kupfermünze mehr; unsere Vorräthe sind zu Ende, und Gott weiß woher wir morgen die Speise nehmen, wenn Joschuch's Mutter, die alte Fedra, welche selber arm ist, uns nicht aushilft. Das Einzige, was ich dem Flüchtling geben kann, ist ein Gewand, das ich für ihn webte. Es sollte sein Kleid an unserm Hochzeittage werden. Ich hole Dir's; wie gerne würde ich es selbst ihm bringen, und in der Krankheit seine Pflegerin seyn, wenn ich meine Mutter verlassen dürfte, die gerade jetzt meiner am besten bedarf, da Vater Gurul's Trägheit und rauhe Wildheit auf das Höchste gestiegen! Warte nur einen Augenblick meiner; ich komme gleich zurück.«

Sie eilte mit fliegenden Schritten in die Hütte, wo der Vater schnarchte, wo die Mutter in ängstlichem Traume stöhnte. Sie schlich leise in die niedere Kammer, holte aus der Truhe das Kleid, welches sie heute erst vollendet, legte noch von ihrem dürftigen Eigenthum bei, was sich für den Kranken schicken mochte, und was der schwache Mondstrahl, der durch den Spalt des Fensterladens in die Kammer fiel, ihr zu finden erlaubte, machte aus Allem einen kleinen Bündel, und kehrte eilig zu Gabor zurück. Dieser rüstige Bote zog gerade den ledernen Riemen um seinen Leib fester zusammen, wie auch die Schnüre an den Sandalen von Büffelleder, gleich als ob er unverweilt die Wanderschaft wieder antreten wollte. Maruzza sagte ihm aber:»Nimm diese kleine Gabe, und sage dem Freunde, wie Du mich fandest, wie ich gesinnt bin. Sage ihm, daß ich für ihn beten werde, damit er genese, und damit eine fröhliche Stunde noch für uns schlage. Du aber sey nicht böse, daß ich Dich nicht einmal mit Speis' und Trank erquicke, denn Küche und Keller sind leer. Lebe wohl, Gabor, und gib bald Nachricht von Dir und Joschuch. Der Himmel beschütze Dich auf Deiner weiten Reise!«

»Ich werde nicht so weit gehen;« versetzte Gabor lachend: »das Geschenk wird gleich an Ort und Stelle seyn. Paß' auf, Joschuch! fang' den Ball!« – Er warf den Bündel in die Luft, und derselbe wurde im Herunterfallen richtig von einer Gestalt aufgefangen, die schnell mit dem Rufe:»Schönen Dank, Maruzza!«aus dem finstern

Schatten sprang. – Maruzza fühlte vor Schreck und Freude ihr Herz klopfen, denn die Stimme und Gestalt war Joschuch's.

Der Bräutigam streckte der Verlobten die Hand entgegen, und sagte mit rauhem aber zufriedenem Tone:»Du bist ein brav Mädel, Maruzza! Ich bin mit Dir zufrieden. Gib mir die Hand, damit Du fühlst, daß kein Gespenst vor Dir steht, sondern Joschuch wie er leibt und lebt.«

Er war es auch wirklich, wie sich Maruzza staunend überzeugte. Er war es, der hochgewachsene schlanke Geselle mit den hinter den Ohren lang herabhängenden geflochtenen Zöpfen, dem buschigen Schnauzbart und dem Pulverfleck auf der linken Wange, um dessentwillen seine Landsleute ihn den *schwarzen* Joschuch nannten: Gleich als ob er nie flüchtig gegangen wäre, als ob er ein Recht hätte, ungestraft auf diesem Grunde zu stehen, trat er kecken Fußes vor seine Braut, die verwundert ihn gegen das Mondlicht kehrte, und seine Kleidung betrachtete. Er trug wohl noch das Gewand seines Volks, doch schlang sich ein breiter Gürtel mit funkelnder Schnalle um seinen Leib, an welchem ein lang und buntbefranztes Schnupftuch flatterte, und daneben ein gestickter Beutel und ein blinkendes Messer hing; saubere bunt ausgenähte Zischmen hatten die Sohlen von Büffelleder an seinen Füßen ersetzt, ein weißer Aermelmantel, weit und faltig und mit rother Stickerei an Saum und Kragen verbrämt, hing an ledernen Riemen um seine Schultern, und auf seinem Haupte saß ein feiner Hut mit breiter Krempe, einem Kranz von farbigem Plüsch und einem Blumensträußlein. Ueber die linke Schulter hing die getreue Kugelbüchse, halb im Mantel versteckt und in der rechten Hand führte der martialische Mensch einen Czakan von ansehnlicher Größe mit hellspiegelndem Beil. – Wie nun Maruzza die veränderte Tracht an dem Verlobten sah, – den sie sich in schmählichen Lumpen gedacht, rief sie bestürzt:»Heiliger Nicolaus! wie sieh'st Du aus, Joschuch? Gabor hat abscheulich gelogen, wie ich nun begreife. Du gingst als ein Bauer fort, und kehr'st wieder als wie ein Hauptmann von der Gränzmiliz! Wahrlich, im ganzen Czibunagebirg kommt Dir Keiner gleich, wär's auch ein Edelmann.«

Joschuch lachte halblaut vor sich hin, verschloß mit seiner Hand Maruzza's Mund, und antwortete:»Das Lügen ist einmal dem guten Gabor angeboren, wie Euch Weibern der Scharfsinn der Ottern. Wie Du so gleich errathen hast, was ich jetzt vorstelle! Ich dachte Dich damit zu überraschen, und nun liesest Du mir mein Geheimnis von den Kleidern ab. Ja, Maruzza: nach vielem Elend hat mir das Glück gelächelt. Ich führe den Befehl über eine tüchtige Gränzmiliz, habe mein eigenes Haus und gutes Auskommen, und bin da, Dich heimzuführen in meine Wirthschaft.«

Maruzza's Herz fühlte sich im Innersten erschüttert von der Redeweise Joschuch's. Seit der geraumen Frist, als er Szluka verlassen, war seine Sprache derber, kühner, wilder geworden, denn zuvor; jedes seiner Worte, obgleich leise gesagt, rollte wie ein dumpfer Donner in Maruzza's Ohr, und obgleich dem Bräutigam ergeben, vermochte nicht das Mädchen sich seiner Wiederkehr zu freuen, und die Zukunft zu preisen, die er vor ihren Augen entrollte. Sie schwieg; Joschuch bemerkte ihr Zaudern, und wurde stutzig.»Du schweigst?« fragte er finster:»Deine Hand erbebt in der meinigen? was ist Dir? rede! Ich will keine Umschweife, kein Räthsel, keine Lüge von der Braut. Ich sandte Gabor, Deine Gesinnung zu prüfen, ich horchte am Zaun des Gartens Deiner Rede. Sieh', die Büchse ist geladen, der Hahn gespannt; die Kugel wäre in Deinen Kopf gefahren, sobald ich von Deiner Zunge einen Laut der Untreue vernommen hätte. Maruzza! ich glaubte, in Dir gediegenes Gold gefunden zu haben. Wärest Du aber falsch, wie Ihr Alle seyd? hättest Du vor dem Gabor Dich verstellt, und könntest vor mir die Heuchelei nicht bewahren? Maruzza! Nun?«

Langsam glitt der Riemen der Kugelbüchse mit dem Gewehr von der Schulter des argwöhnischen Joschuch; er stieß den Czakan mit dem Stachel in den Boden, sprang wie der Blitz einen Schritt zurück, und Maruzza sah mit Schaudern, daß die Mündung des Büchsenlaufs sich drohend gegen sie erhob. Mit vorgestrecktem Arme rief sie:»Halt' ein! Willst Du mich zum Willkomm ermorden?«

»Sobald Du noch einen Augenblick zögerst, mir genügend zu antworten, und die Hand zu geben, wie ein redliches Weib;« entgegnete Joschuch in heftiger Bewegung:»antworte, heuchlerische Magd, oder ich gebe dem Dorfe ein neues Beispiel! Ich liebe die geräuschlose That nicht; mein Zorn muß stets im Pulverknall von den Bergen widerhallen!«

Maruzza wußte, wie unverbrüchlich Joschuch sein Versprechen hielt; sie sah den Tod vor Augen, und dennoch war's, als ob eine unwiderstehliche Macht sie vom Flecke reissen müßte, der Kugel spottend, die bereit war, ihr nachzufliegen. – Gabor's Dazwischenkunft verhinderte Flucht und Verbrechen. Mit der einen Hand schlug er die drohende Waffe in die Höhe, mit der andern faßte er Maruzza's Arm, und zog sie näher herbei, mit den Worten:»Fürchte Dich nicht, Maruzza, und Du, Joschuch, schäme Dich, Deine Braut in Schrecken zu jagen. Sie liebt Dich ja, sie ist Dir unterthänig und folgt Dir – ich weiß es – wohin Du willst. Bist Du nicht zufrieden mit dem, was sie hinter Deinem Rücken gegen mich sagte? Die Weiber schmeicheln immer eher in's Gesicht, als hinter'm Rücken. Spare Deine Kugel für einen drohenden Feind, und bringe nicht durch Deine Wuth das Dorf in Aufstand.«

Joschuch ließ das Gewehr sinken, und harrte auf ein Wort von Maruzza. Das Mädchen fühlte, wie Gabor sie wohlmeinend in den Arm kniff, und überwand sich, an die Mutter Aya denkend, dem künftigen Ehemann demüthig zu antworten:»Erzürne Dich nicht, Herr! ich bin Dir ja verlobt, und thue, was Du befiehlst.« – Joschuch nickte zufrieden, reichte sein Gewehr dem Gabor hinüber, zog Maruzza an seine Brust, streichelte ihr das Kinn, und sprach hinwieder so milde, als es in seinem Munde anging:»Das läßt sich hören, Kind. Mußt fein gehorsam seyn und auf meine Fragen antworten, wie der Donner auf den Blitz folgt. Ich rede nicht gern in den Wind. Sage mir aber, wenn ich an Deine Aufrichtigkeit glauben soll, warum Du so befremdet warst, warum so räthselhaft?«

»Ich gedachte der Gefahr, der Du hier ausgesetzt bist, und das verdarb mir wiederum die Freude;« entgegnete das Mädchen, nicht ohne Schlauheit. – »Närrchen! Gefahr? ich wüßte nicht. Und wenn plötzlich die ganze Gemeinde hier stünde und die Sonne schiene, und Jung und Alt mich erkennte – die Leute würden mir nichts thun, glaub' mir.«

»Die Bauern nicht, ach nein! Aber der Herr ist da, und von seinen Leuten wimmelt das Dorf.«

»Wie?« fragte Joschuch schnell und überrascht:»Das ist etwas Anderes. Gabor, hörst Du? Wie gut, daß wir erst zur Nachtzeit durch den schwarzen Wald herniederkamen? Was meinst Du, Gabor?«

»Daß die Herren dem alten Edelmann das Licht gehalten haben müssen;« meinte Gabor mit einer drohenden Bewegung nach dem Dorfe: »Du darfst Dich nicht sehen lassen, Joschuch. So wie es Tag geworden, will *ich* mich auf die Lauer legen.«

Joschuch gerieth nach und nach wieder in Jast und Zorn, dem er in leisen Verwünschungen, die Faust nach dem Dorfe geballt, Luft machte »Hat der *Alte* jetzt vielleicht Lust, Dich mir zu entführen, Maruzza?« fragte er mit tückischem Lächeln. »Will der Alte nun vollenden, was der Junge hat unterlassen müssen, weil ich ihm einen Flügel vom Leib schoß? Wollte Gott, das Blei wäre ihm durch's Hirn gegangen! Alter Domno, alter Domno! Es möchte Dir gefährlicher seyn, mir in den Weg zu laufen, als einer wild ge-peitschten Büffelheerde. Nimm Dich in Acht, Domno!«

»Nicht diesen Groll, nicht diese Wuth, Joschuch!« bat Maruzza mit dringendem Ernst, in, dem sie Joschuch's Hände schmeichelnd drückte: »Willst Du denn meinen armen Vater, der schon einmal um Deinetwillen mit seinem Leib und seiner Habe büßen mußte, auf's Neue in's Elend oder an den Galgen bringen? Du bist ein rüstiger Mann, und spottest auf Deinen leichten Füßen den Verfolgern. Aber der unschuldige alte Gurul, der nicht entfliehen kann, würde es entgelten müssen. Was willst Du auch vom Domno? Du hast, seinen Sohn gestraft, laß den Vater in Ruh'!«

»Die Braut hat's nicht verdient, daß Du ihre Fürsprecherin wirst;« murmelte Joschuch verdrossen: »So seyd ihr aber, ihr Weiber. Sogar wenn Einer kommt, um euch die Ehre zu rauben, fühlt ihr euch geschmeichelt, daß euer bischen Reiz so viel Begierde hervorge-bracht. Ich hoffe nicht, daß Du bedauerst, daß jene Sache mit dem jungen Grafen Miklos so blutig ausgegangen, statt in sträflicher Wollust. Wenn ich ahnen dürfte, daß das Leben einer Edelmanns-buhlerin, so wie sie in Städten und Schlössern frech und lustig um-hersitzen. Dir wünschenswerth sey, und eine Frucht, wornach Du verlangst – erdrosseln würde ich Dich zur Stelle. Was aber den Domno betrifft, so soll er nicht vergebens hier seyn. Er soll Deinem Vater herausgeben, was ihm verloren ging, oder ich will einen blu-tigen Zehnten von ihm fordern!«.

Gabor vereinigte seine Bitten mit Marruzza's, und ermahnte den Freund, sich zu beruhigen. Als diese Vorstellungen etwas gefruchtet zu haben schienen, erzählte auch Gurul's Tochter von dem Auftritt des verwichenen Abends zwischen dem Span und ihrem Vater, und von dem Retter, den der Himmel in der Person des Fremdlings Nicol geschickt. – Joschuch runzelte wieder die Stirn, und sagte: »Dem fremden Burschen muß sein Geld werden. Ihr dürft Niemand auf der Welt etwas schuldig seyn, als mir. Ich bin in den Stand gesetzt. Euch Alles zu seyn, und wo mein Geld nicht auslangt, da reichen meine Kugeln hin. Ich hätte den Schädel des Spans mit Blei gefüttert, statt mit Silber seinen Beutel. Du wirst Dich nach dem Soldaten erkundigen, Gabor. Er muß sein Geld wieder haben, und bis morgen Nacht müßt Ihr Alle fort seyn, gleich wie zerstoben in der Luft, als ob der Regenbogen euch aus dem Sumpfe, wo er säuft, gen Himmel gezogen hätte. Die üble Nachrede will ich Euch vom Leibe halten, denn meine Braut muß unbescholten bleiben bis an's Ende, und nicht einmal ihres Vaters Name in dem Mund eines Gläubigers entweiht seyn.«

Maruzza's Verwunderung stieg immer höher, da sie ihren Verlobten von seinen Mitteln und Kräften mit einer Sicherheit und Zuversicht reden hörte, wie sie nur ein reicher Gutsbesitzer haben konnte. Ihre Verwunderung sprach sich laut aus, als Joschuch unversehens mit einer Art von ritterlicher Höflichkeit eine Schnur glänzender Perlen hervorzog, und um Maruzza's Hals schlang. Sie rief: »Soll dieß mein seyn, Joschuch? Ach, wie schön sind diese Perlen! Du mußt reich seyn, Herr; nicht wahr? Wie ist das gekommen? Wie geschah's, daß Dich der König zum Officier gemacht, und Dir so viel Geld gegeben?«

»Das erzähle ich Dir ein andermal;« versetzte Joschuch schmunzelnd. Dann fügte er ernsthaft hinzu: »Unterstehe Dich aber nicht, ein Wort von meinem Hierseyn verlauten zu lassen, gegen Niemand, er sey, wer er wolle. Ich habe Ursache, wegen meiner Jagd auf den jungen Miklos dem Vater nicht allzusehr zu trauen. Schweige von Allem, was Du jetzt gesehen und gehört! Wirst Du?«

»Ich werde, Joschuch!« antwortete Maruzza betroffen: »Willst Du aber nicht Deine Mutter sehen und begrüßen?«

Joschuch schwieg eine Weile, und heftete mit einer Art von Rührung den Blick auf Fedra's Hütte. Dann entgegnete er mit weicher Stimme:»Wie geht's meiner Mutter? Denkt sie meiner, und hat sie mich noch lieb?«

»Ach, sie weinte um Dich, wie um einen Todten!«

»Wie um einen Todten?« wiederholte Joschuch nachdenklich, und stützte sich, im Sinnen verloren, auf den Czakan. –»Die Hähne krähen schon?« raunte ihm Gabor in das Ohr:»Wollen wir nicht gehen?« – Joschuch hörte nicht. –»Soll ich Deine Mutter nicht wecken?« fragte Maruzza sanft, die Hand auf Joschuch's Schulter gelegt:»Gewiß träumt sie von Dir, und ein Erwachen wie im Himmel wäre der Verlassenen wohl zu gönnen.«

Joschuch richtete sich in die Höhe, schüttelte den Kopf und entgegnete langsam aber bestimmt:»Nein, Maruzza. Sie hat mich geboren, gesäugt, getragen und ernährt – darum liebe ich sie. Aber Fedra ist ein Weib wie ein anderes, und Mutterliebe macht schwatzhafte Zungen. Ich will, daß Du ihr nichts sagest. In der nächsten Nacht hole ich Euch Alle zusammen ab. Ich baue auf Deine Verschwiegenheit. Dein Wohl, Dein Leben sogar hängt von Deinem Gehorsam ab. Vergiß das nicht, und verstecke die Perlen bis zu unserm Hochzeitstage. Kostbarer als dieser Schmuck ist mir das Geschenk, welches Du dem Gabor anvertrauen wolltest. Sorge nicht; der Hochzeittag wird kommen, für welchen Du mir das Festgewand gewoben. Lebe wohl, und bleibe mir treu. Treue ist Dein Leben, Untreue Dein Tod!« – Er warf seinen Mantel heftig um seine Schultern, drückte einen wilden Kuß auf Maruzza's Stirn, und kletterte, den Gabor mit fortreissend, wie eine rüstige Ziege die Anhöhe hinan, wo die weißen Gestalten alsobald unter den dunkeln Bäumen, die den abstürzenden Giesbach beschatteten, verschwanden.

Noch hatte die Sonne die Mittagshöhe nicht erreicht, und schon wimmelte es in der Schenke zu Szluka von Gästen in buntem Gemisch. Die wenigen Tische waren stark besetzt, und um den Herd wie auf dem Boden lagerten andere Gruppen von Zechenden und Sprechenden. Wandernde Saffranträger und Scorpionölverkäufer schrieen, aus vollem Halse ihre Waaren und Abenteuer aus; die Zigeuner, die gestern bei Dodje aufgespielt hatten, klimperten auch hier auf dem Hackbrett und strichen die Geige; in einem andern

Winkel saß eine Reihe ausruhender Mägde, und summte halbleise eine jener melancholischen Weisen, die im Munde der Walachen heimisch sind; Hirten, die so eben von einer Weide zur andern zogen, hielten unfern ihr Mahl mit stark gepfeffertem Gulyasfleisch, und tranken in vollen Zügen den Branntwein aus ihren Flaschen, während draußen ihre Heerden blöckten, bewacht von den Buben und den eifrigen Hunden. Einige Haufen von Zischmenmachern, die aus dem Bannat von einem Jahrmarkte kamen, lärmten und rauchten in der Schenke mit demjenigen Stolze, den sie als städtische Bürger dem Bauer gegenüber hegten und pflegten; der meiste Spectakel ging aber von der Gegend aus, wo die Fässer voll sprudelnden Weins lagen, und wo Joschuch's Begleiter, Gabor, einen Trupp von alten Bekannten bewirthete, die sich aus dem Dorfe zu ihm gefunden hatten. Wie ein Lauffeuer hatte sich, als Gabor kaum in die Schenke getreten, das Gerücht im Dorfe verbreitet, daß Pawo's liederlicher Sohn, der all' sein Vermögen vergeudet, wiedergekommen sey, und theils Neugierde, theils die freundliche Einladung des verlor'nen Sohns hatte seine Jugendgespielen um ihn versammelt. Wie schauten die einfältigen Dorfsöhne, als Gabor mit einem vollen Beutel klapperte und diesen Beutel freigebig aufthat, rothen und weißen Wein in der Freunde Gurgeln stießen ließ, wie bei einer Krönung, schmackhafte Forellen herbeischaffte, gewürzt mit Zwiebeln und Salz, des beliebten Ballocos zu geschweigen, den er in einer Ungeheuern Schüssel, dampfend und hoch aufgethürmt, seinen Gästen vorsetzen ließ! Die Hungrigen fanden hier genügsame Speise, die Durstigen ein unversiegliches Faß, und auch die Ohren der Neugierigen fütterte der theure Landsmann mit mährchenhaften Erzählungen von Reisen zu Wasser und zu Land: wie er, ein armer Bursch, auf, und davon gegangen, weil ihm ein Morre Glück und Geld aus der Hand prophezeiht; wie er sich mühsam fortgeholfen mit Hirtendienst und Feldarbeit bis auf das türkische Gebiet, wo die Czerna entspringt; wie er längs dem Flüßchen fortgegangen, und nach mancher Fährlichkeit gen türkisch Orsowa war gerathen, wo ihn der Commandant in Ketten schlagen ließ, weil er sich geweigert, sein Trabant zu werden; und wie ihn dann ein serbischer Kaufmann in seinen Dienst, ja sogar an Sohnes Statt aufgenommen, in dessen Auftrag er jetzt nach Kronstadt gehe, Felle zu holen und Lederwerk. Er habe dem Vergnügen nicht widerstehen können, einen Seitensprung nach dem Geburtsdorf zu machen, und freue sich, seine Landsleute zu bewirthen. – Ein lauter Jubel antwortete auf seine Erzählung; die leichtsinnigen Bursche ließen ihren Freund hochleben, die ernsthafteren warnten ihn vor dem Recrutiren, von dem man neuerdings viel munkle; Allen aber entgegnete er, daß er nichts fürchte, indem ein guter Paß in seiner Tasche stecke, und er sich als des Königs Unterthan nicht mehr betrachte. Nun setzte ihm, fast unaufgefordert, der ganze Schwarm mit Neuigkeiten aus der Heimath zu, und des Erzählens wurde kein Ende. Jahrmarktsraufereien, Roßdiebstähle, Heirathen und Kindtaufen, Verarmungen und Glücksfälle, fabelhafte Mordhistorien aus der Nachbarschaft und Hexereien kamen an die Reihe. »Du bist reich geworden, Dmitr?« fragte Gabor Dodje's Sohn, der mit unter den Genossen war, und gab ihm einen recht brüderlichen Schlag in's Genick: »Warum hast Du denn kein Weib? Ist doch der schwarze Joschuch nicht mehr da, um Dir sie wegzufischen.« – Dmitr schnitt ein fürchterliches Gesicht. Gabor fuhr lachend fort: »Sey nicht böse, Bruder! Der Schlingel hat mir's ja um kein Haar besser gemacht. Ich danke ihm noch dafür. Was sollte ich damals mit einer Frau anfangen, die mir nicht wenigstens ein Hundert Oka Goldes mitgebracht hätte? Jetzt wüßte ich schon besser zu wählen.« – »Ei, hast Du nie etwas von Joschuch gehört?« sagte ein Bursche mit weit aufgerissenen Augen. – »Ja, ja, ist er Dir nicht auf Deinen Zügen aufgestoßen, der Landstreicher?« setzte Dmitr hinzu. Gabor erwiederte hierauf, sich über den schmalen Tisch vorbückend, und den Zeigefinger bedächtig an die Nase legend: »Ich habe den Schwarzen nicht gesehen, meine Freunde. Doch habe ich von ihm gehört. Er ist, die arme Haut, unter die Seressaner gegangen, hat dort – Ihr wißt ja, wie er heftig war – Streit mit seinem Harum-Bascha bekommen, und wurde darinnen erschossen. Der Himmel tröste ihn, und nehme ihn auf, wenn er noch einen Popen fand, der ihm in der letzten Stunde einen gültigen Paß nach dem Paradies ausstellte. Das ist aber Alles gewiß und wahr, meine Freunde. So hat mir's selbst ein wilder Teufelskerl von Seressaner erzählt, mit dem ich ein paar Stunden durch den Wald an der Gränze ging.« – Gabor stellte sich, als ob er ein paar Thränen aus dem Auge wischte, die ihm wider Willen hineingekommen, und die trunk'nen Gesellen um ihn her wurden weichmüthig wie er, und stimmten im Chor eines ihrer kläglichsten Lieder an, dessen Refrain immer hieß: »Was nützt ihm nun das rasche

Pferd, und was der weiße Stier? Der Bruder ging von hinnen fort, und weilet nimmer hier! Du lieber Bruder – dai, dai, dai, dai!«

Dmitr war der Einzige, der sich, obschon auch nicht mehr nüchtern, grämlich abwendete, und vor sich hinbrummte:»Einfältiges Lumpenvolk! wenn das einen Tropfen auf der Zunge hat, so singt es dem ärgsten Taugenichts ein Lob- und Trauerlied. – Sieh' da,« fügte er erstaunt bei:»Du auch hier, Nicol? Ich hatte nicht geglaubt, daß Deine Ernsthaftigkeit sich in's Wirthshaus verliefe. Kommst Du vielleicht, den Tod des schwarzen Joschuch mit zu feiern? Freue Dich, daß Dir zu Maruzza der Weg jetzt offen steht. Der Vater hat schon gehört, wie Du Dein Geld an den Span verschleudert, um dem Trunkenbold Gurul zu helfen. Das gilt der Tochter, guter Vetter; wir sind nicht so dumm, das wir das nicht begriffen. Aber meinethalben; gesegne Dir Gott die Mahlzeit; ich gönne sie Dir so gut, als dem Bösewicht, dem Joschuch, daß er krepirte!«

»Du bist besoffen!« antwortete ihm Nicol mit ruhiger Verachtung, und wendete sich von ihm. Gabor hatte indessen, wenn er auch mit seinen Freunden beschäftigt schien, ein feines Ohr nach dem Zwiesprach Dmitr's und Nicol's gespitzt, und warf wie einen Blitzstrahl die rauhen Worte nach Dmitr hinüber:»Was schimpfst Du meinen Freund? der kleine Finger seines todten Leichnams ist mehr werth, als Dein ganzes lebendiges Fell, mit Allem, was daran und darunter ist. Widerrufe gleich den Schimpf, oder es geht Dir nicht gut!«

Die Zechbrüder rund umher schwiegen mit Gesang und Geschrei, und starrten aufmerksam auf Dmitr, begierig, einen Streit zu erleben. Dodje's Erbe antwortete grob und trotzig:»Meines Vaters Sohn widerruft nicht. Ich werde nicht viel Umstände mit einem Strolchen machen, der am Galgen hängt, sobald er sich nur im Vaterlande blicken läßt. Er ist ein Mörder, ein Mädchendieb, und hat gewiß schon manches Pferd und manches Schaf von der Waide gestohlen. Da man ihn nicht fing, hätte man wenigstens seine Mutter, die alte Hexe, verbrennen sollen.« – Gabor sprang auf, schlug den Dmitr in's Gesicht, und rief:»Da, Hund! das für den Roßdieb, das für den Todtschläger, und das für die alte Hexe! Schändlicher Tropf, wehre Dich, wenn Du Herz hast!«

Dmitr, von wiederholten Faustschlägen getroffen, duckte sich, und schleuderte seinem Feind einen hölzernen Teller zu, der an

Gabor's Ohr vorbeiflog, und einen Hirten an die Stirn traf. Nun wurde der Lärm allgemein. Während Nicol mit aller Kraft den Gabor und Dmitr, die er bei der Brust packte, aus einander hielt, fiel der ganze Schwarm der Schaf- und Ochsenhüter auf Dodje's Sohn, für den nun gegen die Fremden die rüstigsten seiner Zechbrüder Partei ergriffen. Das Gewirre drohte in arge Thätlichkeiten überzugehen, und schon blinkten hin und wieder Messer und Waldbeile in der Luft, schon waren Nicol's Kräfte fast nicht mehr hinreichend, die beiden wüthigen Gegner aus einander zu halten, als plötzlich das Niederstampfen von Gewehren mit einemmale Ruhe und Friede machte. Alles sah nach der Thüre hin, wo ein Trupp von fünf bis sechs Plajaschen oder bewaffneten Geleitsmännern lärmend eintrat. Diese Sicherheitswachen, die in jenen wilden und schwer zu hütenden Gegenden von einem District zum andern streifen, um in der zweiten Linie die Polizeicorps der Gränzregimenter zu unterstützen, kamen äußerst selten nach Szluka, und waren daher der Gegenstand allgemeiner Aufmerksamkeit. Die in der Schenke angekommenen Plajaschen, mit Messern und Büchsen bewaffnet, schleppten in ihrer Mitte einen abgerissenen Vagabunden, dessen Gesicht die äußerste Verwegenheit verrieth, in diesem Augenblick jedoch gequält von schwerer innerer Angst. Die Streifer hatten ihm die Hände auf den Rücken gebunden, befahlen ihm, am Herde nieder zu sitzen, und fesselten ihm dort auch die Füße mit starken Stricken, woran sie keinen Mangel hatten, weil ein Jeder von ihnen einen langen Strang zu diesem Behufe um den Leib trug. Ein paar häßliche auf der Straße ergriffene kroatische Weiber, mit den Armen an einander gebunden, keuchten dem Trupp nach, und wurden ebenfalls an den Herd verwiesen, wo sie sich niederkauerten. – Indessen schlichtete sich durch die unvermutheten Gäste der entbrennende Streit. Gabor versetzte dem Dmitr einen Stoß mit seinem Fuße, und rief ihm verächtlich zu:»Packe Dich, räudiger Hund! ich treffe Dich im Gebüsche!« – Dmitr entfloh mit allen Zeichen der Wuth und des Schreckens, gefolgt von Nicol, und alle Umhersitzende erschracken nicht minder, und sagten bestürzt:»Gott gesegne ihm das letzte Brod! Ist's aber Dein Ernst, Gabor?« – Und dieser erwiederte schnaubend wie zuvor:»Bei dem Haar meines Vaters! Ich treffe ihn schon noch im Gebüsche! Ich scherze nicht!« – Worauf alle Bursche des Dorfs den Dmitr schon im Voraus verloren erachteten, weil nun, nach des Wallachen Begriffen, sein Tod unvermeidlich war – wenn er nicht selbst bei einer günstigen Gelegenheit dem Todfeind durch einen raschen Messerstich zuvorkam.

Noch schwatzten, fragten, lästerten und faselten alle Zungen, als ein prächtig gekleideter Leibhusar des Grundherrn an die Schenke gejagt kam, von dem dampfenden Pferde sprang, und mit den Worten:»Wein, Du fauler Schenkwirth! Ein gebratenes Huhn, faule Schenkwirthin!« in die Kneipe trat. Dem schimmernden Domestiken machte Alles ehrfurchtsvoll Platz, und der einzige Stuhl des Wirthshauses wurde ihm gebracht. Sein Gesicht war zufrieden und fröhlich, und die armen Bauern des Dorfs freuten sich dessen, weil des Bedienten Antlitz gewöhnlich eine Copie der Laune seines Herrn darstellt. Dem Grafen mußte also etwas Angenehmes widerfahren seyn; der wohlgelaunte Herr ist natürlich mehr zur Gnade aufgelegt als zur Strenge, und ein walachischer Unterthan kann einen Gnadenstrahl seiner Herrschaft schon vertragen, weil diese Sonne ihm selten leuchtet. Neugierige Blicke schossen von allen Seiten nach dem Leibhusaren, aber keiner von den Bauern hatte das Herz, den Herrenknecht anzureden, der sich auf seinem Stuhl brüstete wie ein Pfau, die Sporen an einander schlug, den silbergeschnürten Dollman öffnete, sich mit einem seidenen Tuche frische Luft zuwedelte, den Staub vom dicken Federbusch seines Kolpaks blies, den Wein mit verächtlicher Grimasse schluckte, und mit vieler Vornehmigkeit den silberbeschlagenen Meerschaumkopf aus der funkelnden Säbeltasche holte. Kühner als die guten Leute von Szluka war einer der fremden Plajaschen, der, nachdem er den Husaren eine Weile betrachtet, fest auf ihn zutrat, und mit dem Tone der Vertraulichkeit anhob:»Sieh' da! Ist das nicht der lange Györg von Hobitza? Bei'm heiligen Andreas! Unserer Aeltern Gärten stießen zusammen. Gott grüß' Dich, schmucker Geselle!« – Weil die übrigen Gefährten des Plajasch nun ebenfalls Miene machten, den Husaren als einen Landsmann zu erkennen, vermochte dieser nicht wohl, durch ein kaltes und freches Leugnen des Jugendgespielen Vertraulichkeit von sich zu scheuchen, wie er es schon in der Stadt oder auf dem Schlosse seines Herrn gethan haben würde. Er begnügte sich daher, eine vornehme Herablassung auf seinem Gesichte zu zeigen, und erwiederte mit scheinbarer Zerstreuung:»Wahrhaftig; ich glaube mich zu erinnern. Du bist des Gerbers Sohn, der ausgelassene Davidow, der meiner Mutter die Pflaumen stahl. Nun, was macht Ihr denn zusammen, Ihr ehrlichen Leute von Hobitza? Wie steht die Ernte? Wie bringt Ihr Euch durch? Du bist aus einem kleinen Spitzbuben ein Spitzbubenfänger geworden?« – Der Plajasch lachte herzlich über den gnädigen Spaß seines so hoch emporgestiegenen Cameraden, und reichte ihm die grobe braune Hand hin, worein aber der Husar statt der seinigen seinen Tabaksbeutel legte, und mit einem mitleidigen Wohlwollen sagte: »Stopfe einmal eine Pfeife mit mir. Verschütte aber nichts; es ist ächt türkischer, wie wir ihn immer rauchen, ich und der Graf!« – Der Plajasch machte sich mit vieler Zimperlichkeit und Ehrerbietung daran, mit feingespitzten Fingern die Schnüre des Beutels aufzuziehen und sowohl seine Gefährten, als die übrigen Gäste und Bauern drängten sich um ihn, den herrlichen Beutel zu betrachten, der, mit silbernen Blumen verziert, und mit bunten Franzen benäht, den Natursöhnen gewaltig in die Augen stach. Gabor benützte indessen den Augenblick, um sich nach dem Gefangenen zu kehren, der neben dem Herde lag, ein hilfloser Mensch. Gabor's Falkenauge erspähte just, daß eines der kroatischen Weiber ein ziemliches Stück Speck von dem verlassenen Herde stahl, und sagte zu ihr mit gedämpfter Stimme: »Hexe, wenn ich Dich verriethe!« – Statt der Antwort hoben die beiden Weiber stumm und zagend die gefalteten Hände empor, und Gabor machte ihnen ein Zeichen, daß er schweigen wolle, wenn auch sie reinen Mund halten wollten. Die Weiber nickten, und Gabor richtete nun schnell und in dem barbarischsten Gaunerdialect an den Gebundenen, der ihm vertraulich und bittend mit den Augen zuwinkte, die Fragen: »Was ist Dir geschehen, Prosz? Wie wurdest Du gefangen?« – »Ach, auf dem Wege zu Euch.« – »Tölpel! hast Du etwas bekannt?« – »Wahrhaftig nein! Das reine Unglück ist an Allem schuld. Da ich heute im Walde meine Opanken anzog, mußte ich nießen, und da hat immer mein Lebetag der Teufel sein Spiel.« – »Sey ruhig; ich helfe Dir. Wie steht's mit dem Jagdhause?« – »Alles richtig. Der Kapitan soll nur kommen. Alles bereit.« – »Gut! wo Du uns verräth'st...« – »Hilf mir, und ich verrathe nichts.«

Gabor schwenkte sich rasch auf die Gruppe der Uebrigen zu, weil nach und nach Alle wieder zu ihren vorigen Beschäftigungen zurück kehrten. »Gott segne Dich, Alte!« sagte er lachend zu der Wirthin, die nach dem Herd eilte: »So eben hat ein schöner weißer Hirtenhund ein fettes Stück Speck von der Pfanne geholt. Wer nicht aufpaßt, muß Noth leiden.«

Und die Wirthin fing an zu fluchen, und die Schafhüter zu schelten, und diese erwiederten mit gewichtigen Schimpfworten, und Gabor und die kroatische Diebin lachten in's Fäustchen. – Nun näherte sich Gabor dem wacker dampfenden Plajasch, und sagte schmeichelnd:»Ihr thut Euch gütlich beim Wein und bei der Pfeife, und Euer Tabak riecht wie Weihrauch. Der arme Teufel, den Ihr dort niedergelegt, würde auch glücklich seyn, wenn er seinen Stummel anzünden dürfte.« –»Der ist ein Landstreicher, Freund! Wir erwischten ihn, da er just verdächtig durch die Pußte schlich.« –»Der Türk gönnt aber sogar dem Missethäter am Spieß die Erquickung. Er ist doch ein Mensch, und vielleicht unschuldig an jedem Frevel.« –»Meinethalben; der Hund soll rauchen, wenn es ihm gefällt.« – Somit ging er hin, band die Hände des Burschen los, worauf dieser die Pfeife vom Hut nahm, und mit einer Kohle vom Herd in Brand steckte. Während dessen begann der Husar laut zu erzählen, wie er in den Herrendienst gekommen, und die Plajaschen saßen und standen um ihn her, und auch Gabor horchte zu sammt den Bauern, und vernahm unter anderem, daß der Graf, der auf seiner Meierei übernachtet, am frühen Morgen einen Boten von seinem Sohn erhalten, der ihm gemeldet: der junge Herr sey durch die Bemühung eines geschickten Arztes in Herrmannstadt fast wieder hergestellt, und werde im Laufe des Tags zu Szluka eintreffen, um in die warmen Herkulesbäder von Mehadia zu gehen, wo er vollständig zu genesen hoffe, obgleich der blessirte Arm steif bleibe für immerdar.»Nun ist der Wille des Herrn,« versetzte im Verlauf seiner Erzählung der Bediente:»daß seinem Sohne hier die Ehrfurcht erwiesen werde, wie ihm selbst, und das habe ich gerade dem Richter anbefohlen. Die Bauern werden gut thun, wenn sie Alles aufbieten, um den erlauchten Patienten gebührend zu empfangen, wenn er hier durch nach der Meierei reitet.« – Nun verbreitete sich Györg weiter über die edlen und lobenswerthen Eigenschaften der alten und jungen Herrschaft, und ließ den Plajaschen fleißig einschenken, und die übrigen Bauern glaubten auch nichts Besseres thun zu können, als einstweilen auf die Wohlfahrt ihres Grundherrn Glas auf Glas zu leeren. Gabor, dessen Zechgenossen theils aufs Neue mit dem Husaren tranken, theils entschlummert im Winkel lagen, strich hin und her, und ließ, da auch die kroatischen Weiber sich zur Ruhe gelegt hatten, und ein dichter Dampf am Herde die Wirthin hinderte, auf das zu achten, was um sie vorging, im Vorbeigehen zu Prosz's Füßen ein Messer niedergleiten, dessen sich der pfiffige Bursche bemächtigte. Hierauf erwischte Gabor mit kecker Hand eine Kohle vom Herd, und brachte diese geschickt in das Ohr des Husarenpferdes, das vor der Schenke angebunden stand. Nach wenigen Augenblicken wurde das arme Thier wild, schlug aus, riß am Zügel, und wieherte laut vor Schmerz. Ursache genug, daß der Reiter bestürzt aufsprang, vor die Thüre flog, und daß Alles, was in der Schenke lebte, ihm nachfolgte, Wirthin und Mägde nicht ausgenommen.

Diesen Zeitpunct ersah Prosz, schnitt mit sicherer Faust die Bande an seinen Füßen durch, und kroch schnell auf allen Vieren hinter dem Heerde durch, in die Thüre, die neben dem ungeheuern Ofen in die finstere Speckkammer führte. Dort schlug er mit der Kraft der Verzweiflung das verklebte Fenster auf, und schob sich hindurch in's Freie. – Es dauerte lange, bis man den Grund der Unruhe des Pferdes inne wurde, das arme Thier von der Qual befreit und beruhigt hatte, und nun verging erst wieder eine gute Weile mit leerem Schelten und Fluchen, wozu auch Gabor mit der unbefangesten Miene selbst getreulich half. Der Husar fiel mit roher Wuth die armen Hirtenbuben an, die er des Frevels an seinem Roß beschuldigte, hieb mit flachem Säbel unter sie hinein, wurde dann in einen grimmigen Streit mit den erwachsenen Hütern der Heerden verwickelt, rief seine Landsleute, die Plajaschen zu Hülfe, und des Tobens und Raufens wurde lange kein Ende. Gabor benützte aber das Getümmel, sich davon zu machen, um seinen Freund Joschuch aufzusuchen, und überließ den halbtrunkenen Zechern in der Schenke, sich über die Flucht des gefangenen Landstreichers zu verwundern, wie sie wollten.

Mutter Aya hatte so eben ihre Hausgeschäfte sowohl, als die Bestellung des Gartens und des kleinen Ackerfeldes, das daran stieß, beendigt, während der träge Gurul wieder unter seinen Zwetschgenbäumen lag und schlief, und sagte zu Joschuch's Mutter, indem sie den Korb voll Steine, die sie vom Acker aufgelesen, in den Giesbach stürzte:»Unser Eigenthum ist doch als wie verflucht, gute Fedra. Statt der kümmerlichen Nachernte wachsen uns nur Steine.

Ja, wo des Herrn Auge nicht ist, können wir nichts ausrichten. Ich bin müde zum Sterben, und stürbe auch recht gerne, um die Last los zu seyn, die wir armen Weiber auf Erden tragen müssen.« – Fedra versetzte darauf, den Finger auf den Mund gelegt: »Nur daß es Dein Mann nicht hört, Nachbarin; es ist einmal so, und wird immer so bleiben. Du mußt Dich durch eine innere Frische und Lebendigkeit entschädigen. Ein bischen Zorn und Aerger, so wenn man die Galle recht laut heraussprudelt, gibt wieder frohen Muth und langes Leben. Im Anfang meiner Ehe, wenn mir's mein Alter zu arg gemacht hatte, saß ich immer in einem Winkel, wie ein begossenes Hühnchen, und das Herz war mir so schwer, als ob's wir abgedrückt würde. Aber mit der Zeit kam ich schon auf das rechte Mittel, und nach jedem Sturm mit Joschuch's Vater fuhr ich, wenn er davon ging, wie das schwarze Wetter in dem Hause herum, schmiß das Holz durch einander, peitschte das Vieh, und ohrfeigte meinen Buben, bis mir wieder wohl wurde. Es kam so weit, daß keine Frau im Dorfe ihren Essig machen konnte, ohne mich dabei zu haben, denn Zank und Aerger machen, wie Ihr wißt, den schärfsten Essig. Ihr seyd aber zu gut, liebe Aya, und gleicht dem Schaf, das sich treten läßt, ohne zu beißen.« – »Ach Fedra, wie Du wieder redest: ich habe ja kein Holz, um es durch einander zu werfen, keinen Topf, den ich zerschlagen könnte, und kein Vieh, um es zu peitschen. Alles ist ja dahin, und mein Geschäft am Tage nur, die Spinnweben und den Staub aufzuräumen, und Steine vom Acker zu sammeln.« – »So hudelt Eure Tochter! die Maruzza ist stark, und kann schon etwas vertragen, besonders heute, wo sie herumgeht, als ob ihr's im Kopfe nicht richtig wäre. Sie ist mondsüchtig, glaube ich, am hellen Tage. Lauter verkehrte Antworten; wohl zehnmal habe ich heute, wenn ich in ihr Fenster schaute, gesehen, daß sie das bischen Garn vom Webstuhl und ihre paar Lümpchen zusammenpackte, wie ein Soldat, der seinen Tornister macht. Ging sie nicht soweit, mir sogar zu sagen, als ich sie bat, vernünftiger zu seyn, und ihrer Mutter zu helfen: »Ach, Nachbarin! das ist nicht mehr der Mühe werth, wir werden Alle bald nicht mehr hier seyn!« Macht mir daraus einen Spruch, wenn Ihr könnt. Wäre die Dirne nicht schon so groß, ich würde glauben, ein Zigeuner habe sie ausgetauscht.«

Aya dachte eine kleine Weile nach, und erwiederte dann, die Hände auf dem Rücken, und mit dem Kopfe nickend: »Du hast

Recht, Mutter Fedra. Es kommt mir gerade auch so vor, als ob die Maruzza mit dem Gedanken umginge, sich davon zu machen, uns im Stiche zu lassen, und in die Welt hineinzulaufen. Vorhin kamen des Popen Kinder herüber, und sie war zärtlicher gegen sie, als wohl sonst, und weinte, und küßte die Kinder hin und her, und, nachdem sie dieselben fortgeschickt, und ich sie fragte, was ihr Weinen bedeute, versetzte sie:»Ach, wer weiß, wie bald ich die Engel nicht mehr wiedersehe, und auf immer verlasse!«– Wahrhaftig, nun steigt mir Alles zum Kopfe, und wenn ich wüßte, daß sie ihre Kindespflicht verläugnen wollte, ich würde so wild seyn, als ich bisher zahm gegen sie gewesen.«–»Am besten wäre es,« meinte Fedra,»wenn wir das Mädchen zusammen in die Klemme nähmen. Wir wollen Eurem groben Mann nichts davon sagen, denn die Männer schlagen gleich zu, und da wird die Dirne verstockt, und sagt kein Wort. Oder er frägt sie dumm aus, und dann belügt sie ihn, so daß er's glaubt; aber das verschmitzteste Ding widersteht nicht zwei pfiffigen Weiberzungen. Darum sollt Ihr den Honig und ich will den Pfeffer in's Gespräch geben.«

In dem Augenblicke knallten einige Flintenschüsse weit unten im Dorfe. Die Weiber stutzten, Gurul fuhr aus dem Schlafe auf und taumelte dem Popen entgegen, der nach dem Dorfe eilte, und im Vorbeigehen zurückrief, der junge Graf Miklos komme, und müsse von allen Vorgesetzten des Dorfs eingeholt werden. Der Bauer reckte sich mit verächtlichem Gesicht, gähnte laut, und schlürfte zu den Weibern heran, mit den Worten:»Die Heiligen seyen gelobt, daß ich der Richter nicht bin, und dem jungen Domno nicht entgegen gehen muß. Ich glaube, ich würde ihn beißen, wenn ich ihn sähe. Er ist doch schuld an meinem Elend, wenn ich's recht bedenke, ob er's schon mit der Maruzza gut meinte.«–»Pfui, pfui, und noch einmal pfui!« riefen die Weiber, als wie im Chor, und spuckten aus. – Indessen stürzte Maruzza, wie außer sich, aus der Hütte, rang die Hände, und rief:»Es wird im Dorfe geschossen? haben sie vielleicht den Unglücklichen entdeckt? O, es wird ihm das Leben kosten!«

Sie wollte gegen den Steg eilen, aber Gurul fing ihr Gewand mit einem tüchtigen Griff auf und sagte:»Bist Du närrisch, Maruzza? Hast Du vom Tollkraut gegessen? Willst Du jetzt dem jungen Domno in die Arme laufen, weil er nun einen Arm weniger hat?«– Maruzza stand mit scheuen Blicken still, ob sie gleich mit Gewalt ihre

Hände von den Händen Fedra's und Aya's loszumachen suchte, die auch das Ihrige thaten, um die Erschrockene festzuhalten. »Kind, um des Himmels Willen! was sprichst Du, was hast Du vor?« fragte Aya. – »Maruzza, Nachbarin, wer hat Dir es angethan?« setzte Fedra kreischend hinzu. – Maruzza deutete nur sprachlos nach dem Dorfe, wo ein lautes Jubelgeschrei sich hören ließ, und ihr Mund stammelte: »Gewiß haben sie ihn jetzt überwältigt, gewiß liegt er jetzt in Banden! Vater, Mutter, Nachbarin, wir müssen fliehen, wir sind verloren mit ihm!« – »Besinne Dich doch!« schalt der Vater, und schüttelte sie derb bei den Schultern: »Freudenschüsse sind's, Freudengejauchze, wozu das Volk geprügelt wird, weil der Sohn des Herrn kommt, den Gott verdammen möge!« –

Maruzza starrte ihn mit großen Augen an, drückte dann mit beiden Händen die hochaufathmende Brust, und setzte sich still auf die Bank vor der Hütte. Gurul und die Weiber sahen ihr zu, und schüttelten besorglich den Kopf. Dann machte der Alte plötzlich ein pfiffiges Gesicht, und flüsterte den Weibern in die Ohren: »Ich merke, was dem verstockten Ding im Sinne liegt. Denkt an den Kerl, der gestern so großmüthig meine Schuld bezahlte. Die Maruzza hat es mit dem Kerl. Der Bursche ist, so wahr ich lebe, ein Dieb, und die Maruzza weiß es. Da fürchtet sie nun, daß man ihn auf frischer That ertappt hat, wie er vielleicht just einen Bienenstock hinwegtrug, oder einen Hammel stahl. Ich wollte um meinen Hals wetten, daß es so ist, wie ich mir es einbilde.« Aya klopfte in die Hände, und versetzte ebenso geheimnißvoll: »Fedra, ich glaube, der Alte hat Recht. Gurul ist nicht so einfältig, Nachbarin. Am Ende will die Dirne ... die Heiligen verzeihen mir die Sünde ... aber mir ist's klar ... sie wollte gestern gar nicht zu Bette ... mir war's im ersten Schlaftaumel, als hört' ich vor der Hütte mehrere Stimmen reden ... gewiß war der Soldat da, und hat sie beredet, mit ihm davon zu laufen.« – Fedra stemmte die Arme in die Seite, nickte mit bitterbösem Gesichte und murmelte: »Verlogenes Geschöpf! Aber es ist die reine Wahrheit, was Ihr sagt. Als ich gestern noch mit ihr redete ... mir ahnte schon Böses ... sie hat es faustdick hinter den Ohren. Ja ja, sie hat den Burschen erwartet. Armer Joschuch, wenn Du wüßtest ...!« – »Weißt Du noch, Aya,« sagte Gurul weiter, »wie wir es einst machten, als ich Dich zur Nachtzeit in den Wald holte, und wir nicht eher zurückkamen, als bis Dein Vater die Einwilligung zu unserer Hochzeit gab? Das steckt im walachischen Blut. Aber hier ist die Sache schlimmer. Der Dieb will uns das Mädel nicht mehr zurückbringen, aber wohl mit ihr durch's Land reisen, sie zum Stehlen abrichten, sie dann an einen liederlichen Maazen verkaufen, wenn er genug an ihr hätte. Da soll ja gleich das schwarze Wetter in die Maruzza schlagen! Hol' mir die Büffelpeitsche!« – »Ach Herr, schlage doch nicht gleich zu!« – »Die Büffelpeitsche in aller Hexen Namen! Habe ich gleich keine Büffel mehr, so bin ich doch Herr über mein ungerathenes Kind. Lauf, Weib, oder ... Du kennst meine Faust!«

Aya lief erschreckt nach der Hütte, stieß im Vorüberlaufen die Tochter, die ganz unempfindlich dasaß, mit dem Ellbogen an, und raunte ihr zu: »Verstecke Dich, Landläuferin; der Vater will Dich prügeln!« und verschwand in der Thüre. Maruzza sah erstaunt in die Höhe, erblickte den Vater voll Zorn und Wuth, den die Nachbarin mit äußerster Mühe zurückhielt, aber zugleich gewahrte sie den flinken Nicol, der just über den Steg auf sie zukam. Seine Nähe, obgleich aus andern Gründen ihr schmerzlich, milderte dennoch ihre Angst. Gurul sagte dagegen mit feigem Zorn zu Fedra: »Da ist er wieder, der Schuft. Soll ich nicht hingehen, und ihm ein paar Fäuste um die Ohren schlagen, daß ihm die Lust vergeht, wieder zu kommen?« – »Haltet an Euch, Gurul!« versetzte Fedra: »der junge Kerl ist stärker als Ihr, und es ist nicht gut, wenn sich der Mann vor seinen Weibsleuten prügeln lassen muß.« – »Ihr seyd klug, Fedra. Ich will also nur mit dem Maule gegen ihn grob seyn.«

Hiemit wendete er sich rasch zu Nicol, der ihn freundlich grüßte, und sagte mit boshaften Augen: »Ein schöner Abend, Freund! Habt Ihr aber sonst nichts zu thun, als hier herumzustreifen? Bei uns gibt's nichts zu stehlen, als höchstens die Maruzza. Aber ich bin pfiffig und wachsam wie ein Schäferhund.« – Nicol sah ihn mit großen Augen an, und erwiederte ruhig: »Es freut mich, das Euch heute der Wein wieder wohl geschmeckt hat, aber ich habe nichts mit Euch zu reden, sondern will nur der Maruzza ein paar Worte sagen.« Ohne eine Erwiederung abzuwarten, näherte er sich dem Mädchen. Gurul sagte leise zu Fedra: »Der ist frech wie ein Zigeuner. Wo bleibt nur die Aya mit der Peitsche?« – »Ruhig, Nachbar!« versetzte Fedra. »Wir wollen sehen, was er denn vor unsern Augen anfängt. Wollte er jetzt die Maruzza mit sich nehmen, so dürfte er schon unsere Nägel fürchten.«

Aya kam nicht, denn sie lauerte hinter einem zerrissenen Papierfenster. Gurul, der sich heimlich vor Schlägen fürchtete, glotzte ziemlich dumm, von Fedra gehalten, nach dem Paare hin; Nicol sprach aber mit freimüthiger Rede zu Maruzza:»In Deine Hand, mein Schatz, lege ich mein Wohl und Leid. Ich habe eben von meinem Herrn die Kunde erhalten, daß er endlich daran dachte, mich dafür zu belohnen, daß ich ihm das Leben gerettet. Aber welche Belohnung! Das Versprechen ist edelmännisch, aber nur der Bauer hält sein Wort. Statt mir ein kleines Eigenthum zu geben, oder einen Dienst in seinem Hause zu verleihen, will er mich unter die Panduren schicken, tief in's Gebirg hinaus, an die bannatische Gränze. Ich soll dort Corporal werden, und in einem schmalen Hause wohnen, und nur des Lebens Notdurft haben, bei täglicher Mühseligkeit und Gefahr. Aber das schmale Haus sollte mein Schloß seyn, und das härteste Brod mir schmecken wie Pasteten, und Mühseligkeit und Gefahr meine Lust werden, wenn Du mit mir das einsame Leben theilen wolltest. Werde mein Weib und folge mir dann.« Maruzza, die ihm furchtsam zugehört, schüttelte nun langsam den Kopf und seufzte tief. – »So höre einen andern Vorschlag;« fuhr der junge Mann dringender fort, indem er ihre Hand ergriff, die sie ihm ohne Widerstreben ließ:»Ich schlage, wenn Du willst, den Häscherdienst aus, und begehre nichts von dem undankbaren Herrn. Doch habe ich in Fogaras ein hübsches Stück Geld niedergelegt, ehrliche Beute aus dem Kriege. Es sollte einst meiner Wittwe Nothpfennig seyn, wenn ich stürbe; aber ich will's, gehst Du mit mir, dazu verwenden, mir einen kleinen Acker zu kaufen, und will ein Bauer seyn, gerne dem Herrn und dem König die Hälfte von dem geben, was ich erringe, und mit dem Rest an Deiner Seite glücklich seyn. Schlage ein, und sage Ja.«

Maruzza's Augen wurden feucht, und sie machte nach einem leichten Händedruck ihre Finger aus Nicol's Händen los, mit den Worten:»Ich kann ja nicht, Nicol; Ihr wißt, warum. Denkt nicht mehr an mich, und vergeßt mich!«

Gurul und Fedra hatten Wort für Wort mit angehört, was Nicol gesprochen, so wie Maruzza's Antworten, und des Alten Zorn war schnell besänftigt, so daß er sehr zufrieden sagte:»So hat er doch nicht mit ihr davon laufen wollen, der gute Kerl. Ihr habt das Mädel abscheulich verläumdet, Nachbarin. Ich sagte ja gleich, daß Maruzza ein liebes Kind ist, und der Nicol ein Balsam von Ehrlichkeit. Um Eure böse Zunge zu beschämen, wollte ich wahrhaftig, daß Maruzza ihm die Hand gäbe; so behielte ich Nicol's Geld, und bekäme noch etwas Schönes von ihm heraus«. –»Aber Joschuch, Nachbar Gurut? mein armen Sohn Joschuch?« –»Ei, faule Fische; der kommt nimmer wieder. Komm' nur heraus, Aya. Laß' die Büffelpeitsche drinnen.«

Nachdem Nicol während dieser Reden eine Weile mit sich selbst gekämpft, stellte er sich wieder dicht vor Maruzza, und sagte, seine Hände auf die Schultern des sitzenden Mädchens legend: Es thut mir weh' mein liebes Herz, Dich plötzlich zu betrüben, und ich hätte es gern vermieden, aber die Sorge für Deine Beruhigung, und nicht minder die Hoffnung, mein Glück zu erzielen, öffnet mir den Mund. Dein Verlobter ist das Hinderniß meiner Wohlfahrt, Joschuch's Leben war der Tod Deiner Freiheit. Nun aber ist es anders. Joschuch, mein Kind, ist todt.«

»Todt!« schrie Maruzza, voll Entsetzen aufspringend, aber aus ihrem Blicke leuchtete ein heller Strahl. –»Todt? da habt Ihr's ja, Nachbarin;« setzte Gurul phlegmatisch hinzu, und Fedra schlug, wie vom Blitz getroffen, zu Erde und wälzte sich heulend und schreiend, den Boden mit ihren Nägeln zerkratzend. Aya eilte von derselben Kunde bestürzt, aber mit stummem Schrecken, hinzu, der Freundin beizustehen. – Nicht die Neugierde des Alten, nicht der Schmerz der Mutter – er kannte sie ja nicht – kümmerten den Jüngling, sondern er fuhr, um Maruzza zu überzeugen, fort:»Ich lüge nicht, Maruzza. Ich habe Joschuch's Tod aus dem Munde von Pawo's Sohn, aus Gabor's Munde erfahren.« –»Aus Gabors?« entgegnete Gurul's Tochter mit wilder Hast, faßte Nicol an beiden Armen, und sah ihm forschend, drängend in die redlichen Augen. –»Wenig Stunden sind's, seit ers im Dorf erzählte.« –»Er ist todt? so plötzlich? Um Gottes Willen, wie kam er um?« –»Durch die Kugel eines Seressaners.« –»Wie kam er hieher? Wo ist seine Leiche? Wie geschah die schnelle That?« –»Auf der türkischen Grenze, mein Kind. Du kannst mir's glauben.« – Maruzza fuhr zurück, schlug die Hände zusammen, und schrie:»Wie ist mir denn? so fern von hier? Also nicht heute? Nicht in diesem Dorfe? Nicht in diesem Walde? Armer Nicol, Du bist belogen, Du hast uns Alle getäuscht! – Joschuch lebt, und über uns spricht in Ewigkeit kein Priester den Segen.«

Sie riß sich scheu von dem betroffenen Freiwerber los, stürzte in die Hütte, warf die Thüre hinter sich zu, und entfloh wie ein Reh durch den Garten in das Feld. Gurul lief, ohne sich nach Nicol umzuschauen, der Flüchtigen nach, und Aya labte mit frischem Quell die in Krämpfen fiebernde Fedra. – Eine Weile stand Nicol wie niedergedonnert da; dann ermannte er sich mit wildem Blicke, drohte mit der Faust nach der Gegend, wo Maruzza entlief, und warf in grimmiger Wallung eine Handvoll Staub gegen die Hütte. »So ist es aus, rein aus mit meinem Glücke!« rief er erschüttert: »Es scheitert an der Lüge und an der räthselhaften Thorheit des Weibes; so will ich denn auch hart werden, wie der Fels, um im wilden Gebirg, auf den Spuren der Missethäter, des Undanks kärgliches Brod zu essen!« Er rannte, wie von einem Sturm gejagt, über den Steg zurück nach dem Dorfe.

Nicol war lange Zeit, ohne selbst genau zu wissen, wohin er seine Schritte zu richten habe, von inner'm Groll gepeitscht, auf einer gebahnten Straße fortgegangen, die halbmondförmig um das Dorf herum führte, als er in geringer Entfernung einen Haufen von Bewaffneten erblickte, der auf ihn zukam. Weil seine Stimmung ihm das Zusammentreffen und Gespräch mit fremden Leuten unerträglich machte, bog er rasch in einen Hohlweg ein, um die Leute vorüber zu lassen. Diese hatten ihn jedoch ebenfalls bemerkt, in seinem raschen Abschwenken Verdächtiges gewittert, und ehe eine Minute verging, sah sich Nicol von ihnen umringt, festgehalten, sah ihre Flinten auf seine Brust gesetzt. Die Plajaschen waren es, die er am Morgen in der Schenke getroffen, und an ihrer Spitze der Span des Grafen. »Halt da!« schrie dieser Letztere: »Verdächtiger Bursche, wohin? Haben wir Dich endlich? Es ist mir klar, daß Du der Mörder bist, der dem Sohn des Andrei mit dem Tode gedroht. Der bekümmerte Vater hat selbst mich aufgefordert, auf Dich zu fahnden, und meinem Falkenauge entgeht kein Missethäter.« – Nicol entgegnete entrüstet: »Wie? ich, der Vetter von Andrei selbst, ich hatte seinem Sohn den Tod gedroht?« – »Stille! jedes Wort ist erlogen, das aus Deinem Munde geht. Greift zu, ihr Leute! haben wir erst diesen Einen, so wird er uns schon verrathen, wo der Land-streicher steckt, dem er fortgeholfen.«

Die Plajaschen hielten Nicol fest, und hatten ihn im Nu gebun-den, trotz des heftigsten Widerstandes.»Dummköpfe!« schnaubte Nicol:»Ihr habt den Unrechten; seyd ihr denn blind?« – »Wir sind nicht blind,« versetzte Davidow;»und ich weiß recht gut, daß wir Dich in der Rauferei mit dem jungen Mann erwischten.« – »Das haben wir!« rief ein Anderer:»Obschon ich nicht behaupten will, daß dieser Bursche der nämliche sey, der mit unser'm Landstreicher gemeinschaftliche Sache machte.« – »Pah!« versetzte wieder Da-vidow:»Du meinst, weil er jetzt eine blaue Weste trägt? Die Kerle vermummen sich in jeder Stunde anders. Hast Du mich nicht um Mitleid für den Landstreicher gebeten? Hast Du nicht gemacht, daß ich ihn eine Pfeife rauchen ließ? Gestehe es selbst.« – »Ich weiß nicht, was Ihr wollt;« antwortete Nicol voll Wuth:»Ihr seht mich für einen Andern an.« – »Gleichviel! wir müssen dem Commando den Gefangenen stellen,« der uns entwischte. Zeigst Du nicht seinen Schlupfwinkel an, so muß Dein Leib dafür büßen.« Mit lautem Ge-lächter und Hohn schleppten sie ihn aus dem Hohlweg wieder auf die Straße zurück.

»Könnt Ihr's im Himmel verantworten, Herr Span, wie diese Leu-te mit mir umgehen?« fragte Nicol während des gezwungenen Mar-sches, und der Span erwiederte:»Die wackern Leute haben Fug und Recht, das zu thun. Leugne nicht, Du erschwerst Deine Strafe. Hast Du nicht von Joschuch's Tode erzählt? Hast Du nicht den armen Dmitr geschlagen?« – »Ich war's nicht, in aller Hexen Namen! Gabor war's, Pawo's Sohn.« – »Lüge, guter Freund! Es kommt Dir nicht darauf an, verschiedene Namen in einem Athem zu tragen. Ich lasse Dich nicht aus meinen Klauen. Ich wußte schon gestern, Du freige-biger Hund, daß Du Dein Geld gestohlen. Du wirst Dich vor Ge-richt verantworten. Erst beweise mir, daß Du nicht der Gabor bist, und dann rechtfertige Dich wegen Deines Geldes, und dann gib diesen Leuten Rechenschaft, wo Du ihren Gefangenen hingebracht hast. Du sollst mich gestern nicht umsonst beleidigt haben. Voran, Freund! Stoßt ihn mit den Flintenkolben in den Rücken, wenn er nicht gutwillig geht.«

Ein paar neugierige Buben aus dem Dorfe, mit ausgehobenen Vogelnestern in den Händen, standen, das Maul aufsperrend, im Wege. Der Span hielt sie an, und sagte:»Heda, ihr Jungen! Kennt ihr diesen Kerl da?« – Die Buben schüttelten den Kopf:»Da siehst Du ja, daß Du ein Landstreicher bist!« sagte der Inspector mit giftigem Blick zu Nicol, und fuhr zu den Buben fort:»Lauft, was ihr könnt, zu Dodje Andrei, und sagt ihm, der Kerl sey gefangen, der seinen Sohn mit dem Messer bedroht. Lauft, und verdient euch ein gutes Trinkgeld.«

Die Buben sprangen davon, und Nicol lachte voll bitterer Wuth laut auf.»Wir wollen ihn gleich nach der Meierei führen;« sprach der Span zu den Plajaschen:»Es wird den beiden Herren Grafen angenehm seyn, etwas von dem Ende des schändlichen Joschuch zu erfahren. Du sollst dorten schon noch einmal die Geschichte erzählen dürfen, mein Sohn, und wenn Du nicht wolltest, so ...« Er machte die Bewegung des Zuschlagens. Nicol knirschte mit den Zähnen, und versetzte, dem kochenden Grimme in seiner Brust nachgebend:»Umgekehrt, Herr. Ich werde den Grafen etwas Angenehmeres erzählen, wovor ihnen die Haut schaudern mag: ich werd' ihnen sagen, daß Joschuch noch lebt, daß er vielleicht in der Nähe ist, um noch einmal zu versuchen, wie der Bauer auf seine Weise zum Herrn spricht, der ihn mit Füßen tritt.« – Der Inspector stutzte und schrie:»Was? Unerhörte Frechheit! Doch wäre es möglich, daß Du wahr sprächest, Bube. Kommst Du nicht gerade von Gurul's Hütte? Wenn Joschuch in der Nähe ist, so muß dort seine Höhle seyn, und Du bist mit ihm im Verständniß, und die ganze Sippschaft ist mit im Complott. Das wollen wir aufklären, Schurke. So wie die Nacht kommt, lasse ich das Diebsnest aufheben. Was gilt's, ihr guten Leute von Hobitza, daß wir dort auch euren Landstreicher wieder finden? Marsch, voran! Nicht wahr, Du erblassest, Du Dieb mit der blauen Weste? Es werden andere Dinge zur Sprache kommen, als die erbärmlichen Verleumdungen von Szember. Was meinst Du? Ich denke, den Panduren werden schon die Fäuste jucken, um Dir mit dem Stock den Willkomm aufzuzählen!«

Nicol antwortete auf die pöbelhaften Schimpfworte des Spans nicht mehr, aber er bereute in der Seele, daß er, von Wuth gereizt, durch eine unvorsichtige Aeußerung Maruzza's Frieden auf das Spiel gesetzt, und so konnte es ihm nur geringe Beruhigung gewähren, als, kurze Zeit nach seinem Eintreffen auf der Meierei, der alte Dodje Andrei herbeikam, ihn mit Erstaunen an Gabor's Stelle sah, und eidlich erklärte, daß Nicol sein Vetter sey. Schrecklicher indessen, als dem armen Nicol, war dem reichen Andrei zu Muthe, denn er rief mit zusammengeschlagenen Händen aus: »Ach, welcher Irrthum! Wenn nur kein Unglück daraus erwächst! sobald wir die Nachricht vernahmen, daß Gabor festgehalten, ist mein guter Dmitr hinaus, um noch eine Fuhre Heu hereinzubringen, und wer weiß, ob er wieder gesund heimkehrt, weil Gabor noch frei umhergeht!«

Der alte Mann lief wie verzweifelt nach dem Dorf zurück, Nicol wurde aber ungeachtet der Erklärung Andrei's in einen Keller der Meierei gesperrt, um am nächsten Tage vor dem Grafen im Verhör zu leiden.

In Gurul's Hütte saßen beim Schein einer schwach glimmenden Lampe vier vergnügte Menschen beisammen. Maruzza hatte nämlich, um Aufschluß zu geben über ihr seltsames Betragen, den dringenden Bitten der Mutter und Fedra's weichen müssen, das Siegel ihrer Verschwiegenheit gebrochen, und in engster Vertraulichkeit erzählt, was ihr in der letzten Nacht begegnet, und was Joschuch für diese beginnende Nacht versprochen. Ihr Bericht, die Vorweisung des prächtigen Perlengeschmeides, Joschuch's Worte und Verheißungen hatten ein neues Leben in die Zuhörer gebracht. Gurul hoffte von der Zukunft und einer veränderten Lage Nahrung für seinen Müßiggang, Aya ein sorgenfreieres Daseyn und das Glück der Tochter, Fedra des Sohnes Wiederseh'n und einen sanften Tod in seinen Armen. Maruzza allein war traurig im tiefen Grunde ihres Herzens, aber im Abglanz der Freude ihrer Lieben wurde auch sie nach und nach heiterer und ergab sich demüthig in ihr Geschick. Die Weiber sprachen von tausend und tausend Dingen, die da kommen würden, Gurul schaukelte sich auf seiner Bank behaglich und trank den Rest seines Branntweins, und Alle zählten mit Ungeduld die Augenblicke, und wünschten die Stunde herbei, wo Joschuch, der neue schmucke Officier, eintreten würde, sie Alle in ein besseres Land, zu Wohlstand und Freude abzuholen. Es war draußen dunkel geworden, und der Sturz des Giesbachs deutlicher im Innern der Hütte zu hören, als am Tage, wo des Geräusches, selbst in den ödesten Gegenden, mehr ist. Durch dieses Rauschen drang indessen plötzlich ein ziemlich lautes Klopfen an der Thüre der

Hütte. »Er ist's!« flüsterte Maruzza, schnell aufspringend, und Alle wiederholten die Worte: »Er ist's!« Die alte, kaum von ihrer Ohnmacht genesene Fedra wollte hinaus, die Thüre zu öffnen, aber Maruzza ließ sich's nicht nehmen, den Dienst zu verrichten, und schloß draußen behutsam die Pforte auf, und sagte zu dem Eintretenden: »Bist Du's, mein Freund?« – Schrecken fuhr durch ihre Glieder, als eine fremde Stimme ihr entgegnete: »Gut Freund, mein Kind!« und nicht Joschuch's rauhe Faust, sondern eine weiche Hand sich an ihren Arm legte. Schon stand jedoch der Fremde in der Mitte der staunenden Landleute, ließ den weißen Reitermantel fallen, und sowohl Maruzza als ihre Aeltern erkannten zitternd die Gestalt des jungen Grafen Miklos. Die Furcht bückte unwillkührlich die armen Leute zu Boden vor dem todtbleichen jungen Manne, der in der schwarzen ungarischen Tracht, ausgezeichnet durch die dunkeln Knöpfe, auf deren Spitze hellblinkende Silberperlen strahlten, vor ihnen erschien, wie ein Gespenst aus dem Grabe. Miklos bemerkte dieses Zagen, und hob, seine frühere Wildheit verleugnend, mit Herablassung und Freundlichkeit die Tiefgebeugten auf. Bei diesem Anlaß bemerkte Maruzza mit Schmerz und Mitleiden, daß der rechte Arm des Grafen todt und abgestorben von der Schulter hing. Miklos sagte aber mit sanfter Stimme: »Fürchtet nichts, ihr Leute! Ich komme weder, um Euch für eine That zur Rechenschaft zu ziehen, die ein grausamer Verbrecher beging, noch um auf's Neue einen Versuch zu wagen, Maruzza's Reize für mich zu erkaufen. Die Lust des Lebens und sein Muthwille sind für mich dahin. Aber ich erinnere mich noch mit Freuden der Blume, die ich einst mit schnöder Lust begehrt, und will nicht haben, daß sie ein Opfer rauher Stürme werde.«

Er hatte sich während dieser Worte auf die Bank gesetzt, und faßte nun die Hand der unfern stehenden Maruzza mit seiner fiebrisch glühenden Linken, und sah ihr, wie mit wehmüthiger Erinnerung, in's Antlitz, welches sie halb abwendete, damit er ihre Mitleidsthränen nicht sehen sollte. Die Uebrigen standen mit gefalteten Händen um den vornehmen Gast her, und selbst in Fedra's Herz drang ein leichtes Bedauern für den verstümmelten jungen Mann. Mit einem Seufzer ließ Miklos endlich Maruzza's Hand aus der seinigen, wendete ihr den Rücken, und fuhr weiter fort: »So wie mich mein elendes krankes Daseyn und die Aussicht auf einen frühen Tod mitleidig und weich macht, so versteinert die grausam beleidigte Liebe zu mir, dem Sohne, das Herz meines Vaters. Er wird Euch, fürchte ich, von diesem Grund und Boden endlich vertreiben lassen, und selbst meine Vorstellungen linderten seinen Haß gegen Euch nicht. Was wollt Ihr alsdann anfangen? Ich habe mich daher am späten Abend noch nach Szluka auf den Weg gemacht, meine Pferde im Dorfe gelassen, und Euch aufgesucht, ohne daß Jemand darum weiß. Ich bringe Euch ein Geschenk, das hinreichen wird. Eure Ansiedlung in einem andern Districte zu begründen, und Eurer Tochter eine Aussteuer zu bereiten.

Er setzte einen Beutel auf den Tisch, und Maruzza konnte sich bei diesem Anblick nicht mehr in der Hütte aufhalten, und lief weinend hinaus. Miklos sah ihr schmerzlich nach, und die Weiber erschöpften sich in gerührten Danksagungen. Gurul allein blieb ziemlich kalt, wog den Beutel in seiner Hand und versetzte:

»Das ist viel, guter Domno. Aber ich habe – der heilige Nicolaus soll's wissen – sicher nicht viel weniger verloren, weil Euer Vater mich das Fest der Wasserweihe zweimal im Gefängniß zubringen ließ. Maruzza soll für Euch beten, wohlthätiger Herr. Das Gebet von armen Leuten ist so kräftig, wie das der Reichen, und mit der Aussteuer wird schon Rath werden; die Maruzza heirathet ohnedieß bald, und ich hatte mir schon vorgenommen, von Eures Vaters Gütern den Abzug zu nehmen, damit die Scheererei ein Ende hat. Es gibt ja auch an andern Orten Milch und Wein, und Fische zum Sieden, und ein Stück Fleisch in den Topf; es muß ja nicht gerade in Szluka seyn.«

Die redliche Stimmung des jungen Miklos fühlte sich sehr durch die Rohheit des Bauers verletzt, und der vornehme Mann sagte sich nun im Stillen selbst, was ihm der erfahrne Vater schon oft begreiflich machen wollte: daß jede Gunst und Gnade, die man einem Walachen zuwende, an den Undankbarsten verschwendest sey. Darum erwiederte er auf Gurul's Rede nicht das Geringste, brach den edelmüthigen Besuch ab, und schied fast ohne Gruß, indem er den demüthigen Weibern bedeutete, zurückzubleiben, und der Tochter von ihm ein Lebewohl zu sagen. – Die Thüre wurde sorgsam hinter ihm geschlossen, und die Weiber erlaubten sich alsdann, dem eigensinnigem und groben Gurul bescheid'ne und zaghafte

Vorwürfe über sein Betragen zu machen. Der Alte lachte jedoch ihrer Angst und Theilnahme, schickte dem Wohlthäter noch einige derbe Schimpfworte nach, und machte sich daran, den Beutel zu öffnen und seinen Inhalt zu überzählen. Eine ziemlich ansehnliche Summe fand sich darinnen vor bei weitem hinreichend, die von Miklos benannten Zwecke zu erfüllen. Gurul's Herz ging auf beim Anblick des hellen Silbers und der paar Goldmünzen, die in seine Hand fielen. Er schwelgte in den üppigsten Hoffnungen, und jubelte, daß er nun das Haus seines reichen Schwiegersohns nicht mit leeren Händen betreten müsse. Während dessen suchte Aya ihre Tochter vergebens in der Hütte im Garten, und rief umsonst ihren Namen in die dunkle Nacht. Fedra, deren Herz sehnsüchtig nach dem Sohne pochte, horchte eifrig am Fensterladen auf seine Schritte. Endlich ...sie täuschte sich nicht... näherten sich Tritte, wie begleitet von Sporenklang. Eine leise Stimme wurde draußen laut ... eine vertrauliche Hand klopfte an die Thüre. – »Ist's Maruzza?« fragte die zurückkommende Aya. »Wenn's nur der Soldat nicht, ist, der sein Geld will!« bemerkte verdrießlich Gurul, und scharrte das Silber des jungen Grafen wieder in den Beutel. Aber Fedra schrie mit überströmender Freude: »Nein, nein, Joschuch ist's, mein Sohn! Joschuch, mein herziger Joschuch!« – Als ob das Entzücken ihre alten Beine verjüngt hätte, so lief sie nach der Thüre, riß sie weit auf... und sank an die Wand vor Entsetzen. Gewehre stampften auf der Schwelle des Hauses nieder, eine Bande bewaffneter Plajaschen erfüllte dessen Raum... Gurul, Aya und Fedra waren im Augenblicke festgenommen, und der Span, der wie ein Geier auf den Geldbeutel stürzte, rief mit höhnender Siegeslust: »Sagt' ich's nicht, daß wir das Diebsgesindel sammt dem Raube treffen würden? Nur fort mit ihnen; sie sollen uns schon sagen, wo sie das Geld herhaben. Ihr aber, wackere Leute von Hobitza, streift noch rund um das Haus, den Joschuch zu fahen, der mit seiner Metze entwich. Ich witt're ihn in dieser Nähe, und an *einem* Galgen soll dann die ganze Spitzbubenzunft prangen!« – Vergebens die Betheuerungen Gurul's, in den Wind geheult die Thränen der Weiber; sie mußten Alle gebunden aus der Hütte wandern, ohne daß Maruzza sich gezeigt hätte, sie zu trösten, noch Joschuch, sie zu retten.

Der Leichenacker von Szluka umgränzte des Popen Haus und das kleine unansehnliche Kirchlein. Dorthin richtete Maruzza ihre

Schritte, weil ihr zu eng war in ihres Vaters kleiner Hütte, und sie dennoch sich scheute, des Popen Wohnung zur Nachtzeit zu betreten. Hier auf dem Todtenfelde suchte sie Niemand, hier würde sie ungestört weilen können, glaubte sie, bis Miklos des Vaters Haus verlassen haben würde. – An der verfallenen Pforte des Gottesackers stand sie hochathmend still, warf einen Blick nach der Gegend des Dorfes, setzte sich dann auf das Grab, das ihr zunächst lag, und versank, einen Augenblick in tiefes Hinbrüten. Dann fuhr aber wie ein Blitz der Gedanke durch ihren Kopf, daß Joschuch versprochen habe sie zu holen, und daß das böse Schicksal fügen könnte, daß er und Miklos zusammenträfen. Die Möglichkeit dieser Gefahr bestürmte ihre Sinne, ihre, lebhafte Einbildungskraft zeigte ihr schon den Verlobten oder den Wohlthäter todt am Boden hingestreckt; – sie mußte eilen, um ein Unglück zu verhüten.

Gewaltsam riß sie sich empor, wollte zur Pforte hinaus, und lief in die Arme Joschuch's. Die Freude, ihn hier zu wissen, und nicht dem Feinde gegenüber, begeisterte das Mädchen zu einem herzlichem Empfang, der dem Bräutigam schmeichelte.»Was machst Du hier, mein Herz?« fragte er ziemlich sanft, und Maruzza hatte kein Hehl mit dem Besuche, der sie vom Hause weggetrieben. Sie wußte ja, daß Joschuch von den Aeltern Alles erfahren würde, und wollte seinen Grimm durch die Verheimlichung des Zufalls nicht reizen. Joschuch hörte ziemlich kalt die Erzählung an, und hieß des Mädchens Betragen gut. Zugleich aber sprach er verächtlich von Miklos, und ließ endlich mit bedeutendem Tone die Worte fallen:»Entweder sann der Bube auf neuen Verrath, oder die Todesfurcht hat ihn vermocht, ein reuiges Opfer für seine Sünden zu bringen. Meine Rechnung ist aber noch nicht mit ihm abgeschlossen, weder mit ihm noch mit seinem Vater. Ich will das Kerbholz tilgen.« – »Zürne nicht, Joschuch. Störe nicht des Wiedersehens Freude durch eine heftige That. Gewiß hat er schon des Vaters Haus verlassen und Du findest dort nur Freunde, welche Dir bereitwillig folgen werden.« – »Wir gehen gleich, Maruzza,« antwortete Joschuch ernsthaft, und schritt in das Leichenfeld hinein:»Verweile nur noch kurze Zeit!« – »Gern; was willst Du aber hier? was suchst Du auf diesem öden Platze?« – »Vorerst meines Vaters Grab, und dann des Priesters Segen. Folge mir; ich habe Gabor und noch einen Freund hieher beschieden, und vielleicht warten sie schon meiner.«

Maruzza folgte dem Verlobten ohne Widerrede, und trat mit ihm an das Grab seines Vaters. Die Freunde waren noch nicht da, stille Alles ringsum. Sternschimmer leuchtete, und Joschuch zog den Hut vom Kopfe, verschränkte andächtig die Hände, und betete still vor sich hin. Dann ergriff er die Weihwasserschaale mit andächtiger Geberde, besprengte nach der ganzen Länge das ihm so werthe Grab, bekreuzte sich einige Male, und sagte hierauf mit wehmüthiger Stimme zur Braut, indem er dem Hügel den Rücken kehrte: »Ich habe von dem Vater Abschied genommen, weil ich dieses Dorf gewißlich nicht mehr sehe. Nun aber komme Du mit mir in des Popen Haus. Er soll, alles überflüssigen Brauchs ledig, unsere Hände zusammengeben. Die Freunde müssen, ehe ich Hundert zähle, da seyn, und uns als Zeugen dienen.«

Dieser Vorschlag schnürte Maruzza's Brust zusammen; sie wich voll Erstaunen einen Schritt von Joschuch's Seite. »Heute? Gerade jetzt? Scherzest Du?« fragte sie stammelnd. Joschuch entgegnete mit rauhen Worten: »Was soll das, Maruzza? Erschreckt Dich die Hochzeitsstunde? Die Stunde, nach der all' mein Sehnen und Verlangen hing, als ich heute den Tag, im Dickicht versteckt, durchleben mußte, den Tag, welcher dauerte, wie eine Ewigkeit? Sieh' mich an; ich trage das Gewand, das Du für mich bereitet. Mit Deinem Blute färbe ich's aber, wenn Du mit einem Hauche nur Dich weigerst, mit mir zum Altare zu treten!« – Joschuch's Stimme hatte einen so schrecklichen Ausdruck angenommen, daß für Maruzza kein Ausweg blieb, als sich in das Unvermeidliche zu schicken.

Zitternd wie ein Lamm, die Hände auf die Brust gekreuzt, trat sie in die Fußtapfen ihres Drängers, der durch das Gras rüstig hindurch schritt, bis sie an die Hofthüre des Popenhauses gelangt waren. Ein Druck auf den Riegel derselben öffnete sie, und sie betraten das Innere der verödeten Priesterwohnung, die dürftige Stube, worinnen die alte Magd des Pfarrers dessen beide Kinder in den Schlummer sang. Die Alte fuhr entsetzt empor, als sie den bewaffneten Mann eintreten sah, und wurde nur beruhigt, als sie die ihr wohlbekannte Maruzza gewahrte. – »Was wollt ihr denn am späten Abend?« flüsterte sie, um die Kinder nicht zu wecken. – »Ist der Pope nicht zu Hause?« – »Ach nein, Herr!« – »Wie? wie kommt das?« – »So eben wurde er abgerufen, mein guter Herr. Ein Sterbender verlangte nach dem letzten Troste: des alten Dodje Andrei

Sohn, der an seines Vaters Kukuruzfeld einen Messerstich erhielt, daß ihm die Eingeweide aus dem Leibe hingen.« – »Verflucht! Komm' Maruzza, und Du Alte, verrathe mit keinem Wort, daß wir hier gewesen, wenn Du das wurmstichige Herz vor einem Dolchstoß bewahren willst.«

Vergebens strebte Maruzza nach den Kindern hin, die im Schlummer lächelten, als ob sie Engel sähen, um die Kleinen noch einmal zu küssen; Joschuch riß sie heftig von dannen, und tobte mit aller Leidenschaftlichkeit, sobald sie das Haus hinter sich hatten, über sein Geschick, über den Fluch, der auf seinem Leben laste, und über Gabor's Unbesonnenheit, der seines Freundes Sicherheit, um einer mörderischen Drohung zu genügen, so gefährlich auf das Spiel gesetzt. – Nun ging's in vollem Laufe nach Gurul's Hütte hin, aber kaum hundert Schritte davon entfernt, stürzten Gabor und Prosz dem Paar in den Weg. »Wo wollt Ihr hin?« rief Gabor mit gedämpfter Stimme, und hielt die Beiden mit Löwenkraft zurück: »Ihr rennet Beide in das Verderben. Gurul und Aya, und Deine Mutter, Joschuch, sind gefangen, sind hinweggeschleppt in den Kerker, und Bewaffnete lauern in Gurul's Garten und Feld auf Dich und Maruzza.« – Maruzza sank vernichtet an Joschuch's Brust, der nicht minder wie sinneverloren dastand. Dann brach mit einem Male sein Zorn im heftigsten Toben los: in bittern blutigen Thränen, weil die Sorge für seine Freiheit ihm das Wort, das Rachegeschrei verbot. Sprachlos drohte er mit beiden Fäusten nach dem Dorfe hin, nahm alsdann Maruzza auf seine bebenden Arme, und trug sie den Berg hinan, wohin Gabor und Prosz, leise auftretend, vorankletterten. Hoch aber in der Finsterniß des Waldes, wo nur Glühwürmer leuchteten, stand Joschuch stille, setzte Maruzza auf den Rasen nieder, und fragte im kalten eisigen Richterton: »Wer von Euch hat mich verrathen? Du Prosz? den ich vom Hungertode rettete, oder Du Gabor, den ich meinen Freund nenne, oder Du, Maruzza, der ich mich ganz anvertraute?« – Zu seinen Füßen beschwor Maruzza ihre Unschuld, betheuerten Gabor und Prosz die ihrige. Da rief er mit einem Male, wie von einem bösen Geiste erleuchtet: »Das war der junge Domno! der Heuchler war's, der Wolf im Schafspelz! durch Geld suchte er euch zu kirren, und Ketten und Verrath waren im Hintergrund. Dieses Räthsel mag sich lösen wie es wolle – am Leben meiner Mutter hängen auch des Domno Tage. – So wie nur eines ihrer grauen Haare gekrümmt wird, so ziehe ich auch den letzten Schein von Menschlichkeit noch aus, um dieses Otterngezücht nach Verdienst zu strafen. Steh' auf Maruzza; auf, ihr Andern! Wir wollen weiter ziehen, und ich will verflucht seyn, wenn ich einen Kuß von den Lippen meiner Braut stehle, bevor ich nicht mich in Rache gesättiget habe. Wo sind unsere Pferde, Prosz?« – »Bei dem Doppelkreuz, wo der Teufel die Felsen gesäet hat.« – »So eilt, daß wir von dannen kommen, weil wir doch zu schwach sind, um das Geschehene heute schon ungeschehen zu machen. Aber in meinem Kopf liegt die Rettung und die Vergeltung schon so klar wie der Tag. Stütze Dich auf mich, Maruzza, Du arme Tochter, und Du, Gabor, leih' mir Deinen Arm, daß ich mich auf denselben stützen kann. Ich bin wirklich schwach wie ein Kind; die rasendste Wuth hat mich so schwach gemacht. Doch Geduld! ich will schon wieder erstarken. Was hast Du an Deinem Aermel, Gabor? Woher der nasse Fleck?« – »'s ist Blut, Joschuch;« versetzte Gabor gleichgültig; »Dmitr's Blut, dem ich Wort hielt, wie der redlichste Schuldner dem zudringlichsten Juden. Er hat mit diesem rothen Dünger seines Vaters Korn getränkt, und ein Strahl davon fiel zum Gedächtniß auf mein Gewand.« – Maruzza schauderte, und Joschuch sagte zu Gabor kalt wie dieser selbst: »Du hättest uns in's Verderben bringen können mit dem Spaß. Doch entschuldige ich Dich in diesem Augenblicke noch mehr als ich sollte. Blut könnte auch mich genesen machen, und ich muß noch so lang darauf warten. Ich werde es nicht einmal vergießen dürfen, daß Blut des Feindes, um das theure Blut der Mutter zu erhalten! Verfluchtes Schicksal! fort, fort, zu den Rossen. Es mögen die Sporen arbeiten, weil das Messer hier nicht sein Ziel findet!«

»Höre, wie der Wind durch den Schornstein tobt!« sagte die Alte zu ihrem Mann, der sich neben ihr in die Bettdecke von Schaffell vor Frost zitternd einwickelte: »Es ist doch gerade, als ob die Gespenster ihren Tanz durch das Haus hielten. He! Slomi, schläfst Du denn? oder betetest Du?« – Der Mann gab der ungestümen Fragerin einen derben Stoß mit dem Ellbogen, und versetzte brummend: »Was schlafen, was beten? Das Eine kann ich nicht, das Andere mag ich nicht. Mich schüttelt der Frost.« – »Und mich die Furcht, Slomi. Seit dem letzten Regen, wo die Luft so kalt wurde, als wären wir im Winter, fiebert's mir durch's Gebein, und der Kopf geht mir rundum, als müßte ich Gespenster sehen. Ach, Slomi! wenn die wieder kämen, die hinter dem Pferdstall verscharrt liegen?« – »Das Weib könnte Einen mit seiner Herzensangst anstecken;« versetzte Slomi erbebend: »Steh' auf, und wirf mir den Pelz auf das Bett, und hänge dann Etwas vor den Fensterladen, das Mondlicht sticht in uns're Stube, wie ein kaltes Messer. Ein tolles Wetter! Mond und Sturm nebeneinander.«

Das Weib erhob sich gehorsam, und that wie der Mann befahl; tappte dann wieder an das Lager, und warf über sich und ihren Alten den breiten Pelz. Mit heiserer Stimmt fügte sie bei: »Wir waren doch in unserer Erdhütte glücklicher als hier, guter Slomi. Ich hätte nicht gedacht, daß in einem Herrenhause so viel Angst und Schrecken Platz nehmen könnte. Ein gut Gewissen ist doch am Ende der sanfteste Pfühl.« – »Aber die Gewohnheit ist auch ein eisernes Hemd, Du thörichte Prissa. Wenn wir erst ein Hundertmal in diesem Hause geschlafen haben, so werden wir an Alles das, was Dich jetzt schreckt, nimmer denken. Die Armuth thut weh, und gestohlener Speck schmeckt endlich doch besser, als der mit sau'rer Mühe erworbene. Der Teufel hole die reichen Leute, die uns unterdrücken. Wenn's uns nur wohlgeht, so mag meinethalben zum Schluß der rothe Henker kommen, und uns den Hals verschnüren. Ob er's thut, oder der Hunger, gleichviel!« – »Ihr seyd böse Männer, Slomi. Wir müssen Euch eben folgen, wie die Schafe dem Metzger. Aber wenn das letzte Gericht kommt, dann werdet Ihr anders beten und zagen. Es wird gerade in einer solchen Nacht angehen, wie die heutige. Wir werden unbesorgt schlummern, und indessen kommt der Engel, und bläst vor unserer Thüre... oder die Todten, die hinter dem Pferdstall liegen, pochen, an unsere Kammer, wie die Gerichtsboten.«

Sie hatte kaum vollendet, als derbe Stöße an das Thor donnerten, daß die Balken in der Kammerdecke krachten, Slowi und Prissa zusammenfahren, und der Fanghund im Hofe in rauhes Gebell ausbrach. Die beiden Alten zogen vorerst den Schafpelz über die Ohren, und plapperten in wilder Angst ein thörichtes Gebet, bis des Klopfens immer mehr wurde, und der Lärm nicht nachließ. Da sagte Slomi: »So steh' auf, und laß' die Herren herein.« Und das Weib erwiederte: »Ich wage es nicht; die vor dem Thore stehen können schon eintreten, ohne daß ich den Riegel öffne, denn es sind die Todten!« – »Albernes Geschwätz! Höre ich denn nicht deutlich, wie sie, so kräftig fluchen? Scharren nicht die Pferde auf dem Sande? Der Baschi ist's, alte furchtsame Hexe. Lauf und reiss' das Thor sperrangelweit auf, denn der Baschi versteht keinen Spaß.« Er warf das Weib mit einem Fußtritt aus dem Bette, und Prissa, in den zottigen Pelz gehüllt und gebückt dahin laufend, wie ein auf den Hinterfüßen gehender Wolf, huschte aus der niedrigen Kammer in den Thorweg, den der Mond vom Hofe aus mit hellem Lichte bestrahlte, und begann den ungeheuren Holzriegel, der das Thor verschloß, aus seinen Klammern zu heben. Die Leute draußen wurden immer ungeduldiger, und eine herrische Stimme rief fluchend und wetternd: »Aufgemacht in aller Hexen Namen! Will das faule Gezücht uns dem Sturme Preis geben? Eine Kugel vor Eure Köpfe, wenn nicht augenblicklich das Thor aufspringt!« – Nun fiel der schwere Hebebaum zu Boden, und die Thorflügel gingen auf, und wie rasend sprengten mehrere Pferde in den Thorweg, so daß die Alte von einem fliegenden Hufschlag getroffen zu Boden fiel. Ohne darauf Rücksicht zu nehmen, spectakelte der Troß von Reitern bis in die Mitte des Hofes, wo Alle von den Gäulen sprangen, und der Anführer, ein Weib von seinem Rosse hebend, sagte: »Frisch, Maruzza; wir sind an Ort und Stelle. Fürchte Dich nicht mehr, mein Herz, und folge mir, daß ich Dich unter Dach und Fach bringe.«

Joschuch führte seine Begleiterin nach dem Hause zurück, auf dessen Schwelle Slowi mit einer lodernden Fackel erschien, warf dem trägen Castellan bittere Schimpfworte in den Bart, und befahl ihm, nach dem besten Zimmer voranzuleuchten. Die hinkende Prissa stellte sich mit einer Lampe ein, und ging demüthig voraus. Am Ende eines langen Ganges, nachdem man eine steile Treppe erstiegen, öffnete sich ein großes Gemach, geräumig wie ein Tanzsaal, aber auch öde und leer, wie ein solcher. Seltsam verkrümmte Hirschgehörne waren in langer Reihe an der weißen Wand angebracht; dazwischen hie und da Wandleuchter von verdorbenem Spiegelglas. Einige Gerätschaften von verschiedenartigster Form standen unordentlich herum, den breiten rundscheibigen Fenstern gegenüber hingen einige, bei dem schwachen Lichte nicht erkennbare Bilder, und in einem Winkel war ein hohes Bett aufgethürmt, ohne Vorhänge mit tief herabhängender grüner Decke. »Hier ist der Herrin Zimmer;« sagte Prissa, und verneigte sich wie eine Sclavin.

Maruzza, die noch nie in einem so weiten ungeheuerlichen Räume geschlafen, betrachtete mit Verwunderung das öde Gemach, und setzte sich stumm, aber mit tiefem Seufzer auf einen Stuhl. Joschuch aber schritt mit vergnügtem Gesicht und stolz aufgeworfenem Kopfe hin und her, und fragte seine Braut: »Wie gefällt's Dir hier, Maruzza? Ist mein Haus nicht ein' Edelsitz in dem großen Bergwalde?« – Maruzza nickte ohne ein Wort hervorzubringen. Joschuch fuhr fort: »Du wirst hier wie eine Gräfin leben, erhole Dich jetzt von der Mühseligkeit des langen und schnellen Rittes. Du aber, altes Weib, erkenne in dieser hier meine Braut, Deine Gebieterin, und thue Alles, was sie von Dir begehrt. Die geringste Widerspenstigkeit, oder ein heilloses Geschwätz, wie es oft aus alter Hexen zahnlosem Munde kömmt, kann Dir die ärgste Strafe zuziehen. Du weißt, glaube ich, daß meine Drohungen nicht leer sind! Richte Dich darnach, und folge mir, wenn Du Alles zur Bequemlichkeit Deiner Herrin herbeigeschafft hast.« – Prissa verbeugte sich wieder tief bis auf den Boden, schob einen angezündeten Strohbund in den Ofen, brachte Wasser in einer Kanne, und deckte das Lager auf. Joschuch trat indessen vor Maruzza hin, faßte sie schmeichelnd bei'm Kinn, und lachte mit scherzhafter Laune: »Gute Nacht, Maruzza! Weil mir verboten ist, Dir Gesellschaft zu leisten, so behilf Dich allein, und versuche. Dich in sanften Schlummer zu wiegen. Du wirst hier eine Königin seyn, und mir Dank wissen, daß ich Dir ein solches Loos bereitete. Ich sehe Dich morgen frühe wieder, wenn ich nicht in dieser Nacht noch fort muß. Lebe stille vor Dich hin, und wehre sowohl der unnöthigen Besorgniß, als überflüssiger Neugierde. Schlaf' wohl, mein Herz!« – Mit diesen Worten schüttelte er Maruzza's Hand und entfernte sich langsam aus dem Zimmer. Prissa ging ihm nach, sobald sie der neuen Herrin gute Nacht gesagt, und begleitete ihn die Treppe wieder hinab in ein leeres Gemach unfern vom Thore, wo Gabor und einige andere Männer, die mit Joschuch gekommen, aus ihren Mänteln und Pferdedecken ein Lager für Joschuch bereiteten. Auch Slomi wurde beschieden, und Joschuch, auf seinen Czakan gelehnt, fragte denselben; »Ist Alles wahr, wie mir Prosz und diese Leute hier berichteten? Es entkam bei dem Ueberfalle kein Einziger, der die Kunde von der That weiter verlautbaren könnte?« – Slomi schüttelte den Kopf, und erwiederte mit aller Ruhe, als ob er die gleichgültigste Begebenheit erzählte: »Kein Einziger, Baschi. Wir waren zehn bewaffnete Männer, die zur

Nachtzeit hier einbrachen. Wir fanden wenig Widerstand. Das Pferdgestüte, das vor Zeiten hier war, hatte der Herr vor geraumer Frist schon in das Temeswarer Bannat verlegt, und so hatten wir es nur mit dem Schließer und zwei Roßknechten zu thun, die zur Pflege der paar kranken Gäule zurückblieben, welche noch im Stalle stehen. Wir hatten sie bald niedergeschlagen, und auch die einzige Magd, welche die milchgebende Kuh besorgte, mußte das Schicksal erleiden, denn wir hielten fest an Deinem Befehl, keine menschliche Seele zu schonen. Das Weibsbild schrie erbärmlich, aber es mußte dennoch d'ran; und die vier Leichen haben wir im Felde in der alten Getreidgrube verscharrt, wo sie liegen bleiben mögen; bis es dem Engel gefällt, sie aufzuwecken.« – »Das ist gut; Du bist ein kluger Spitzbube, Slomi! Du taugst zum Castellan an diesem Orte, und sollst den Dienst behalten, so lange wir hier die Station haben, und so lange Du Dich geschickt benimmst. Wie wird Dir aber, wenn ich Dir sage, daß der Graf vielleicht schon übermorgen hier eintrifft? Wie wirst Du Dich aus der Schlinge ziehen, alter Schurke?« – »Je nun, Baschi;« antwortete Slomi, mit gräßlichem Lächeln, indem er sich den geschor'nen Kopf rieb: »Ich denke, daß, wenn Ihr wißt, wann der Graf kömmt. Ihr ihn nicht an die Schwelle lassen werdet. Ihr wackern Leute. Und wäre es so, sollte mir nicht um eine Lüge bang seyn, die mich über dem Wasser hielte, bis Ihr mit Feuer und Schwert dazu kommt, mir zu helfen.« – Joschuch lächelte beifällig, und Gabor belobte laut die Fähigkeiten des alten Sünders. Dann erhob der Anführer wieder seine Stimme, und sagte gemessen: »So vernehmt nun Ihr Alle, daß meiner Braut für's Erste unsre wahre Beschäftigung ein Geheimniß bleibe. Sie muß erst stark genug werden, um sich in ihr Geschick zu finden. Das Wort, das ihr unsre Lebensweise verriethe, würde Euch den Kopf kosten, vor allem dem alten schwatzhaften Weibe, das ich zu Maruzza's Magd ernannte. Ein Näheres, Slomi, erfährst Du noch aus meinem Munde. Geht nun Alle hinweg, schließt das Haus, und laßt den wachsamen Hund los. Schlaft ruhig bis morgen; heute habt Ihr nichts zu befahren.«

Alle gingen; den Gabor rief Joschuch zurück, und, sagte vertraulich zu demselben: »Wie ist mir so wohl, daß ich im Eigenthum des schwersten Todfeindes als dessen Herr übernachte! Dieses Haus, im tiefen Gebirge, kann schon eine Zeitlang unser Hauptquartier bleiben, bis die gesammelte Beute uns erlaubt, nach einem andern Schauplatz zu ziehen, und dort in Ruhe zu verzehren, was wir in Leib- und Lebensgefahr eroberten. In den Kellern dieser Einöde befindet sich auch der beste Platz für den armen Sünder, den ich hier einsperren will. Wir dürfen nicht rasten. Der Graf mit seinem Sohne wird spätestens übermorgen diese abgelegene Straße, die nach den Herkulesbädern führt, ziehen. Ich lau're ihm auf, Tod seinem Sohne, und Fesseln für den Alten. Fesseln so lange, bis er meine Mutter und Maruzza's Aeltern freigegeben. Während ich am schmalen Paß, wo der Waldstrom die Straße verengt, so daß sie nur einer schmalen Brücke gleicht, auf den Domno lau're, mußt Du hier zurückbleiben, und den Boten auffangen, den der Edelmann schicken könnte, um hier sein Nachtlager zu bestellen. Er werde auf ewig stumm gemacht. Das Uebrige besorge ich.« – Du kennst ja meine Treue und Ergebenheit!« erwiederte Gabor, ihm die Hand reichend: »Ich harre aus bis zum letzten Faden, und was Du mir befiehlst, ist, als ob Du es selber thätest. Sorge nicht, ich werde Deine Braut bewachen, und für den alten Herrn einen Kerker bereiten, den nicht Sonne noch Mond bescheint, und woraus kein Entrinnen ist. Wann gedenkst Du, Dich in den Hinterhalt zu legen?«

Joschuch fuhr sich verdrießlich mit der Hand über die Stirn und murrte: »Wäre ich nicht betrogen und verflucht vom Schicksal, und nicht gebunden durch meinen heiligen Schwur, ich würde gern einen Freudentag in den Armen meines Weibes genießen, selbst wenn die Gefahr vor der Thür stünde; was ist denn das Verderben gegen einen Tag der Lust? *Ein* Tag der Freude nur, nach so langen Tagen des Verbrechens und der Wildheit, und des Fluches, der uns in Berg und Wald trieb, um in dem Leben Anderer das unsrige zu gewinnen! – Doch darf es jetzt nicht seyn, und weil es nicht seyn darf, fliehe ich Maruzza's Anblick. Die Flammen verzehren mich in ihrer Nähe, und dennoch muß zuerst mein Schwur erfüllt seyn, ehe ich daran denken kann, sie zu dämpfen. Ich gehe morgen schon fort, sobald der Tag bleicht. Der Sturm im Forst schüttelt mein Blut durcheinander, und vielleicht gibt mir ein reicher Wanderer Gelegenheit, mich auf das größere Stückchen vorzubereiten, das ich gegen den Domno im Schilde führe. Sage den Leuten, daß sie sich mit dem Frühesten bereit halten. Prosz denke daran, die Einfalt, womit er sich bei Szinka fangen ließ, wieder durch ein kühnes

Handeln gut zu machen. Du bleibst mit Slomi dann allein zurück, weil ihr hinreichend seyd, das Haus zu verteidigen. Lege Dich nieder dann, und auch ich will versuchen, ob ich schlafen kann.«

Maruzza schloß kein Auge, und die kurze Sommernacht wurde ihr zu einer qualvollen Ewigkeit. Die letzten Auftritte in dem Dorfe Szluka, die Eilreise durch das Gebirge, die zwei volle Tage angehalten, die Angst um das Schicksal ihrer Vettern, und die Furcht vor der Entwicklung ihrer Zukunft vereinigten sich, ihrer körperlichen Mattigkeit die größte Seelenfolter beizugesellen. Sie wand sich wie in den Fesseln eines schlimmen Zaubertraumes, und so wie die Nacht keinen Schlummer, so brachte auch der Tag keinen Strahl der Beruhigung in ihr Herz. Sie verließ schnell das Lager, warf sich in die Kleider, und öffnete das Fenster, um die heißen Augen in dem frischen Morgenwinde zu baden. Ach, ihr Blick suchte vergebens eine Aussicht in die heit're Ferne. Der düst're Wald umgab wie ein Gehege von tausend Lanzenspitzen das Haus, und kein Vogel rührte sich in dem Walde, und kein munteres Wildthier flog über die schmale Wiese, die von der Hofmauer einen Waldsaum trennte, gleich einem schmalen Graben. Alles stille, Alles einsam; im Hofe schritt langsam und faul ein schwerer Hund mit niederhängendem Kopf und Schweife. Hie und da nur schallte Pferdegewieher aus den Ställen, die eine Seite des Hofes einnahmen. Kein Mensch ließ sich sehen; das Haus hatte das Ansehen eines Gefängnisses. Eine unnennbare Angst, ein niegefühltes Mißbehagen preßte Maruzza gewaltsam. Sie streckte die Hände empor, und fragte sich leise, unter herabrollenden Thränen: »O ihr Heiligen, hier soll ich mein Leben verbringen? Dieses öde Haus soll mein Paradies seyn? Joschuch will noch, daß ich ihm und dem Himmel für dieses Loos danke? Nein, nein; die schlichte Bäuerin paßt nicht in diesen verwaisten Edelhof. Warum bist Du kein Bauer geblieben, Joschuch, der in der kleinen Hütte wohnt, wo auch die Freuden klein, aber die Sorgen gering sind? Wie gerne wollte ich, weil es so seyn muß, alsdann Deine Frau seyn ... aber wie schwer wird mir's, in diesen Raum, in diese Abgeschiedenheit mich zu finden!«

Nun wurden Menschenstimmen hörbar, nun gingen unten die Thüren auf, nun kamen die wilden Männer aus dem Hause, die beim Eintritt in diesen langen Gränzwald den Joschuch als ihren Anführer empfangen hatten. Alle waren reisefertig, den Mantel auf dem Rücken, Sporen an den Stiefeln, Waffen an der Seite, und liefen mit Hast nach den Ställen, worinnen die Pferde unruhig wurden, stampften, schnaubten und sich bäumten unter den Peitschenhieben der Reiter, welche die Thiere rasch aufzäumten. »Sie gehen?« fragte sich Maruzza leise, und trat einen Schritt vom Fenster zurück: »Geht auch Joschuch?« – So eben betrat auch er den Hof, und Prosz zog den Rappen, den Joschuch zu reiten pflegte, aus dem Stall, worauf sich ohne Verzug alle Bewaffnete in einen Haufen sammelten. Joschuch warf einen Blick im Kreise umher, und sprang dann mit einem Satze vom Boden auf das Pferd. Maruzza athmete leichter, da sie ihn scheiden sah, und die Furcht, allein zurückzubleiben, trat in den Hintergrund vor der Freiheit, die sie jetzt, wenn auch nur auf Stunden genoß, entledigt des Zwangs, sich verstellen und demjenigen Liebe heucheln müssen, den sie mit stummen Grauen betrachtete, mit stillem Entsetzen zum Lenker ihres Schicksals berufen sah. – Joschuch ahnte nicht, daß Maruzza am Fenster stand, sondern gab dem Pferde die Sporen, und jagte zum Thorweg hinaus, und die ganze wilde Horde braus'te ihm nach.

Das Geklapper der Hufschläge erstickte bald auf dem sandigen Waldboden, und das Haus, nachdem die Thorflügel wieder zugeworfen waren, versank in seine vorige Stille. Maruzza wendete sich trauernd von dem Fenster ab, und musterte mit neugierigem Auge das Gemach, das sie bewohnte. Ueberall alterthümliche Prachtreste, gepaart mit Verödung. Gleichgültig schweifte ihr Auge über die zertrümmerten Herrlichkeiten weg, und betrachtete mit mehrerer Theilnahme die Bilder an der Wand: die Gestalten zweier vornehmen Frauen in ungarischer Adeltracht, und in ihrer Mitte das Bild eines Husarenofficiers. Die Bilder waren schlecht, aber dennoch Wunderwerke für Maruzza's ungeübten Blick, und durch die Treue der grobgemalten Gesichtszüge besonders merkwürdig. Maruzza zögerte nämlich nicht, in dem Husarenofficier, obgleich derselbe in der Blüthe männlichen Alters abgebildet war, den ungnädigen Domno von Szluka, den alten Grafen, ihren Grundherrn, zu erkennen. Sie erschrak beinahe vor dieser Ähnlichkeit, und fragte sich selbst neugierig: wie denn wohl des Domno Conterfei hieher komme? hieher, in das stille Haus eines Gränzofficiers? Und wie Joschuch, der bittere Feind des Grafen, dieses Bild in seiner Wohnung dulden könne? – Sie stand noch vor dem Gemälde, und sann, als ein leises Klopfen an der Thüre vernehmlich wurde. Sie ging schnell, den Riegel zurückzuschieben, und begrüßte nicht ohne Vergnügen den alten Slomi und dessen Weib, die knechtisch freundlich hereinschlichen, sich nach dem Befinden der neuen Herrin zu erkundigen.

Maruzza, die in ihres Vater Hütte, gleich der Mutter, eine dienende Magd gewesen, und sich nicht in den Charakter einer gebietenden Frau zu finden wußte, antwortete auf diese Fragen unbefangen, und stellte gleich an die alten Leute die weitere Frage: wen jenes Bild vorstelle, und ob es nicht das Bild des alten Miklos sey. Die alte Prissa starrte dumm und unverständig nach dem Bilde, aber Slomi kratzte sich hinter den Ohren, und antwortete schlau: »Ach heiliger Andreas! wie sollte der Domno von Szluka hieher kommen? Diese Tafel stellt unsern großmächtigsten König vor, und die Frau zu seiner Linken, wie ich glaube, die Königin Maria Theresia, und die zu seiner Rechten, gewißlich eine andere Königin.« – »Sonderbar!« meinte Maruzza, lächelnd und beschämt über die Täuschung, die sie sich selber vorgemacht: »Der König sieht dem Domno, der freilich älter ist, ähnlich wie ein Bruder.« Sie warf noch einen Blick nach dem Bilde, und Prissa ihrerseits sah ihren Mann forschend an, und dieser winkte ihr, ja kein vorlautes Wort über ihre Lippen gehen zu lassen. – »Wo ist Joschuch?« fragte Maruzza weiter. Slomi antwortete: »Wahrlich, Frau, wir wissen's nicht; er sagt's uns nie.« – »Ihr seyd für beständig in seinen Diensten?« – »Ei, so lange er uns behält.« – »Ist er ein guter Herr?« – »Je nun, er ist scharf wie ein zweischneidiger Säbel. Bald Regen, und bald Sonnenschein, wie die Herren sind.« – »Ihr müßt's ihm zu gut halten. Es ist ihm schwer ergangen. Aber jetzt scheint er sich in seinem neuen Stande wohl zu befinden.« – »Ei ja; es geht ihm gut, glaube ich.« – »Doch ist seine Pflicht beschwerlich, nicht wahr gute Leute?« – »Hm ja, es kann wohl nicht anders seyn. Man treibt's eben, so lange es geht.« – »Aber es ist schön, für den König seine Kräfte aufzuopfern, und die unsichern Heerstraßen und Waldwege zu beschützen.« – »Ja, wenn die Waldwege nicht wären, und die Gebirgsstraßen ... die Herren mögen aber wissen, ob's ihm der König, so recht aufrichtig dankt.« – »Wie viel Leute sind unter seinen Befehlen?« – »Ich weiß nicht; bald seh' ich mehrere, bald weniger mit ihm kommen.« – »Wohnen alle die Leute in diesem Hause?« – »Meiner Treu', entweder hier, oder im Walde; das ist unterschiedlich.« – »Wird Joschuch bald zurückkehren?« – »Frau, das wissen wir nicht, wir werden's ja sehen, wenn, er wiederkömmt.« – »Sind wir nun ganz allein im Hause, Du und Deine Frau und ich?«

– »Ganz allein bis auf den Gabor, der unten auf des Baschi Lager schnarcht, und nicht viel Lust zu haben scheint, bald aufzustehen. – »Nun, so laß't ihn schlafen, und ich will ruhig seyn, weil Gabor daheim ist. Führt mich aber jetzt durch das Haus, und zeigt mir alle Gelegenheit desselben, wie auch das Feld, das dazu gehört. Du mußt mich in die Wirthschaft einführen, gute Prissa. Ich will von Dir lernen, denn ich bin nur eine arme Bauerndirne, die noch gar nicht weiß, wie man das Haus eines Officiers des Königs bestellt.«

»Frau, das ist bald gelernt, der Baschi lebt nicht vornehm, und mehr als Fleisch und Zwiebel und Salz und Brod kann doch der Vornehmste nicht verlangen. Die Küche ist bald besorgt und Felder haben wir am Hause nicht. Da gibt's Wieswachs, um die Pferde zu füttern, nichts weiter. Ihr werdet ein gutes Leben haben, ohne Sorge, ohne Mühe. Der Herr schafft Alles in das Haus, um Nichts habt Ihr Euch zu kümmern.« – »Ei, da werd' ich lange Weile haben. Führe mich in die Küche, damit ich Dir wenigstens helfe, gute Alte, die Mahlzeit zu bereiten.« – »Wenn Ihr wollt, so kommt.« – »Dann zeigt mir den Keller, wenn schon Vorräthe darinnen liegen.« – »Seyd nicht böse, Frau, aber mein Alter versieht den Keller allein. Der Herr hat ihm den Schlüssel gegeben, und Niemand außer dem alten Slomi darf hinein.«

Maruzza schwieg betroffen, und fragte nicht weiter. Sie folgte der alten Prissa durch das öde leere Haus an offen stehenden weiten Gemächern vorüber nach der Küche, die auch so leer stand, als wäre sie vor Kurzem erst ausgeplündert worden. Das Geschirr war dürftiger als in Gurul's Hütte, der Speisevorrath magerer, und wenn Maruzza, im Verein mit der geschäftigen Alten die einfache Mahlzeit richtend, dann und wann sich erkundigte, wo denn die Vorräthe herkommen sollten, antwortete Prissa immer: »Der Herr sorgt dafür; das geht Euch nichts an, Frau.« – Diese Lebensweise schien der Tochter Gurul's von Augenblick zu Augenblick rätselhafter und besorglicher, und kaum hatte sie mit Slomi, dessen Frau und Gabor, der immer noch nicht recht aus seiner Schlaftrunkenheit herauskam, das Pfefferfleisch als Mittagsspeise verzehrt, als sie schon sich beeilte, den Ort zu verlassen, wo sich ihr tausend Erinnerungen und tausend Befürchtungen aufdrängten. Sie beschloß die Wiese und den Waldsaum zu durchwandeln. Schwämme zu sammeln, und dabei ihren Gedanken nachzuhängen. Prissa wollte sie begleiten, aber Maruzza wies die Gefährtin von sich, und versprach, bald zurück zu seyn. »Wagt Euch nicht zu tief in den Wald, Frau!« rief ihr noch Slomi's Weib nach, als sie durch die Hinterpforte des Hofes hinaus in's Freie ging: »Es gibt noch viele wilde Thiere dort, und sumpfige, gefährliche Stellen.« Maruzza versprach, sich nach dieser Weisung zu richten, und ging langsam durch das hoch aufsprossende Gras nach dem Walde.

Die Sonne sank bereits, als munterer Hufschlag auf der Waldstraße ertönte, und ein flüchtiger Klepper gegen das alte Jagdgehöfte trabte, darauf ein Reiter, den Kolpak auf dem Hopf, den Mantel um die Schultern wehend, und sorglos ein Liedchen pfeifend. Er ritt schnurgerade an das Thor, und zog, ohne vom Pferd zu steigen, die Klingel. Dann streichelte er den Hals seines Rosses, und sprach lustig: »Brav, brav Skanderbeg! Du bist ein leichtes, schlankes Thier, und sollst nach strengem Ritt vollauf Haber genießen, und ausruhen, so daß Dir der Marsch nach den Bädern nur wie ein Sprung über den Graben vorkommen wird. Die warmen Brunnen werden auch Deinen edlen Gliedern wohlthun, guter Skanderbeg. – Wo bleiben denn aber die Schlingel im Hause? Heda, fauler Hund von Castellan! Aufgemacht! Der Gyorg ist draußen!«

Und er läutete immer stärker, und schrie, daß der Wald hallte. Mittlerweile spitzten in der Kammer der Schließer Slomi und Prissa die Ohren, und Gabor, der Müdigkeitshalber sich auf den Ofen gelegt hatte, flüsterte von dort herunter: »Das ist der Leibhusar des Grafen. Nun gilt's frech und geschwind seyn. Macht ihm nur auf und kirrt ihn; ich will schon dabei seyn, wenn's zum Treffen kömmt.« – Hierauf streckte er sich, auf dem Gesichte liegend aus, und blinzelte nur zwischen den Fingern hervor in die Kammer. Slomi ging aber, um zu öffnen, und Prissa suchte auf Befehl Gabor's einen festen Strick aus der Lade hervor. – Der Husar ritt in's Thor, sprang vom Gaul, übergab denselben dem Alten, ihn nach dem Stall zu führen, und sagte dann verwundert, indem er Slomi's Züge betrachtete: »He, wer bist Du? ich habe Dein Gesicht noch nie in diesem Hause gesehen. Wo bleibt der Peter, der alte Schwänkemacher?« – »Ach, Herr!« antwortete Slomi mit bewunderungswürdiger Unbefangenheit: »da ist der alte Peter plötzlich krank geworden, und steif von Gicht, und hat mich rufen lassen aus meiner Heimath im Bannat, denn ich bin sein Bruder, Herr, und soll an seiner Statt das Haus besorgen, bis er wieder zur Gesundheit kömmt, wozu ihm das Herkulesbad verhelfen möge. Seyd also nicht böse, wenn ich Euch schlechter bediene, als der Bruder gethan haben würde, und nehmt vorlieb.« – Der Husar versetzte, von dem Tone des Slomi getäuscht: »Schade um den alten Schächer! Wie kam der kerngesunde Kerl zur Gicht? Na, ich werde ihn bald besuchen. Das erste Wort, das ich höre, daß er einen Bruder hat. Versorge nur meinen Gaul, und folge mir in die Kammer. Ich habe Aufträge vom Herrn.«

Gyorg trat unverweilt in des Beschießers Gemach, und nickte der Prissa einen kurzen Gruß zu: »Bist Du die Schwägerin des alten Peter?« – »Ja, Herr!« – »Nimm mir den Mantel ab. So. Stelle meinen Kalpak dort auf's Fenster. Da hast Du meinen Carabiner. Lehne ihn vorsichtig hinter den Ofen; er ist geladen.« –

»Gleich Herr, ich mache es geschickt. Wollt Ihr nicht auch den schweren Säbel ablegen? Ihr seyd ja bewaffnet bis an den Hals.« – »Das muß man thun in Euren verfluchten Wäldern. Ich bin froh, die Strecke zurückgelegt zu haben, obgleich mir kein verdächtiges Gesindel begegnet ist. Da hast Du den Säbel. Putze ihn fein sauber ab, das Beschläge ist angelaufen. Die Pistolen aber rühre nicht an, und laß sie, wo ich sie aufhänge.« – Er hing seine Pistolen an einigen Nägeln auf, und pflegte sich behaglich in einem ziemlich bequemen Sitz am Ofen. Indessen trat Slomi wieder ein, und sprach: »Das Pferd ist besorgt, Herr Husar.« – »Gut, Alter; ich will dann selbst nachsehen.« – »Was befiehlt denn der Herr?« – »Sperre Deine Ohren auf. Er reist mit seinem Sohne nach Mehadia, wo er morgen Abends, so Gott will, eintreffen wird. Zuerst hatte er beschlossen, selber hier vorzusprechen, aber die schwächliche Gesundheit des jungen Herrn bestimmte ihn, statt über den Bergrücken, durch das heitere und wärmere Thal am Türkengrunde seinen Weg zu nehmen. Deßhalb hat er mich hieher gesandt, seinem Castellan anzubefehlen, morgen unverzüglich alles Bettwerk, das sich im Hause findet, nach Mehadia hinabzuschaffen. Man ist dort schlecht auf Gäste eingerichtet, und die Herrschaft will doch Bequemlichkeit.

Du magst also einen Wagen rüsten lassen, und durch einen Knecht das Geschäft abthun. Wo sind Deine Knechte?« –

»Der eine, Herr, ist mit den kranken Pferden auf der Huth und der zweite schläft da auf dem Ofen. Er soll aber in der Nacht das Fuhrwerk herrichten, und abfahren, so wie der Morgen bleicht.« – Gyorg warf einen flüchtigen Blick nach dem auf dem Ofen ausgestreckten Gabor, und sagte: »Du verstattest den Leuten viel zu viel Trägheit. Dein Bruder ist viel strenger mit ihnen. Jage den Kerl auf aus seiner Ruhe. Je schneller des Herrn Wille erfüllt wird, je besser ist's.« – »Es soll gleich geschehen, Herr. Schade ist's aber, daß die Herrschaft nicht hieher kommt. Ich hätte mich zu ihren Gnaden empfehlen können. Ich bin ein armer Schmied meines Handwerks, und wäre recht zufrieden, wenn mir der Graf ein Dienstchen im Hause ertheilen würde. Ich bitte um Euer Fürwort, gestrenger Herr Husar.« – Gyorg schmunzelte und erwiederte: »Was Du mir thust, soll dem Herrn gethan seyn. Ich werde hier übernachten, und sehen, was Du meinem hungrigen Magen vorsetzen wirst. Darauf kommt es an, wenn wir gute Freunde bleiben sollen. Für's Erste schaffe etwas zu trinken.« – Slomi schielte nach Gabor hinauf, und dieser machte ihm ungeduldig ein Zeichen, welches von dem sorglosen Gyorg nicht bemerkt wurde. – »Wir haben allerlei im Keller;« sagte hierauf Slomi treuherzig und mit leckerhaftem Lächeln: »rothen und weißen Wein, Gewächs aus der türkischen Walachei, und dreierlei Zwetschgenbranntwein von verschiedener Güte. Wenn's Euch gefällig wäre, Euch die paar Stufen mit mir herab zu bemühen, so könntet Ihr aus den Fässern kosten, und wählen, was Euch beliebt. Der Trinker holt vom Fasse den besten Geschmack.« – Meinetwegen, ich gehe mit Dir. Deine Alte mag indessen etwas zum Imbiß richten. Zuerst in den Keller, dann zu meinem Skanderbeg, und dann zu der Flasche, die ich wählen werde, und die wir zusammen ausstechen wollen.«

Er erhob sich, und Slomi leuchtete ihm mit brennendem Lichtspan voraus. Kaum waren sie vor der Thüre, als Gabor schnell vom Ofen huschte, den Strick ergriff, den ihm Prissa nicht ohne Beben hinhielt, und seinem Opfer in den Keller nachschlich. Auch Prissa näherte sich erschüttert der dunkeln Treppe, und horchte aufmerksam, mit einem Fuße schon zur Flucht bereitstehend. Eine Weile tönten unten des Husaren und Slomi's Stimmen verworren fort, und man vernahm, wie Gyorg fragte: »Alter, wohin führst Du mich? Wo stehen denn die vermaledeiten Fässer?« Dann wurde es still... dann auf einmal ein lauter Schrei, dazwischen Gebrüll aus Gabors Munde... dann dumpfes Röcheln, kurz, aber schauerlich... und endlich Todtenstille.

– Nach geraumer Zeit kamen erst Slomi und Gabor aus dem Keller hervor. Gabor trug den kostbaren Dolman des Husaren auf dem Arme, Slomi die Beinkleider des Unglücklichen, und seine gestickten Zischmen. – »Er ist hin!« – sagte Slomi mit fürchterlicher Kälte zu seinem zitternden Weibe, und warf ihr des Gemordeten seid'nes Schnupftuch zu: »Da ist etwas für Dich! Schaffe aber gleich die Haue und den Spaten in's Gewölbe, damit ich den Hund vollends versorge.« Gabor zog ohne Weilen das silbergeschnürte Wams des armen Gyorg über sein Gewand, hing seinen Mantel darüber, und lief nach dem Stalle. »Wohin?« fragte Slomi verwundert.– »Ich muß dem Joschuch berichten, daß der Graf einen andern Weg fährt, sonst mißglückt der ganze Streich; bewahre Du indessen das ganze Haus, und wache sorgsam über des Kapitäns Braut. Wenn Alles gut geht, sind wir sammt und sonders morgen Abends wieder hier, und der Vogel, dem wir nachstellen, sitzt dort unten in seinem dunkeln Käfig.«

Nach einer Weile jagte Gabor auf dem Pferde des Husaren von dannen, Slomi begrub den Erwürgten im Keller, und Prissa – putzte sich vor dem Spiegel mit Gyorg's seid'nem Tuche. – Sie wurde bei diesem Geschäfte von Maruzza überrascht, die plötzlich in heftiger Bewegung in ihre Kammer trat, und blaß wie der Tod auf den Stuhl sank, wo früherhin Gyorg gesessen. Ihr Anblick – der eines Gespenstes – erschütterte das alte verdorbene Weib, und sie fragte mit einiger Besorgniß: ob denn der Frau etwas Böses begegnet sey. Maruzza antwortete zuerst nicht, sondern hob nur, außer sich vor Schrecken, und wie dadurch der Sprache beraubt, die Hände nach dem Himmel auf. Dann packte sie unversehens die Alte beim Arm, und riß sie mit sich fort zur Kammer hinaus, über den Hof hinweg, hinaus auf die Waldwiese und nach der Stelle hin, an welche Prissa selbst nur mit Schauder dachte: an die alte verfallene Getreidegrube hinter dem Pferdestall. Indem sie einige unzusammenhängende Worte stammelte, deutete Maruzza auf den darüber aufgeschütteten Hügel, und Prissa wurde beinahe zu Eis und Stein, als sie trotz der Dämmerung, welche sich herabsenkte, eine erstarrte Hand gewahrte, die aus dem Hügel ragte, geschmückt mit einem breiten metallenen Fingerring. Sich selbst vergessend, schrie das Weib: »Ach, alle Heiligen schützen uns! das ist Ruschi's Hand, die Hand der armen Magd! Entweder haben wilde Thiere hier nach den Leichen gescharr't, oder Gott selbst hat die Hand, aus dem Grabe wachsen lassen, um uns Alle zu verderben!«

Dieses unwillkührliche Zeugniß von Prissa's Mitwissenschaft der hier begangenen Unthat schleuderte vollends eine Brandfackel in Maruzza's zerrissenes Herz. Mit erstickter Stimme, mit dem Ausdruck der Verzweiflung fiel sie das in Todesangst verstummende Weib an, und fragte: »Dir ist also dieses Grab nichts Neues? Was mir der Zufall verrieth, da ich schwermüthig meine Schritte hieher lenkte, war Dir lange schon bewußt? Das Grab einer Gemordeten dicht am Hause der vom König bestellten Sicherheitswache? Gestehe jetzt, wie Alles dieß zusammenhängt! Ich lasse Dich nicht lebend vom Platze, bevor Du nicht mir Alles enthüllt hast. In welchen Händen bin ich hier? Was ist's mit Joschuch und seinen Gesellen? Wie kommt diese Leiche hieher?« – Von Maruzza's starken Händen geschüttelt, wußte Prissa sich nicht zu fassen, und versetzte stotternd: »Freilich seyd Ihr in den schlechtesten Händen, Frau. Der heilige Nicolaus verzeihe mir meine Sünden,...Ich habe ja noch Niemanden gemordet; ich mußte ja Alles thun, was mir mein Mann befahl. Erst, seit Joschuch in diese Wälder kam, als ein flüchtiger Mörder, ist der alte Slomi so schlecht geworden, und hat mit ihm und Gabor und den übrigen Spießgesellen, die sich zusammenfanden, die Hand in Menschenblut getaucht, früher hat er nur gestohlen, hat er nur den Strang verwirkt... jetzt spießen sie ihn, wenn sie ihn erwischen. Verrathet mich nicht, liebe Frau, gute Maruzza, denn wir sind beide sonst des Todes.« – Sie schwieg plötzlich, und horchte nach dem Hofe hin, und auch Maruzza ließ von ihr ab, denn Slomi's schleppender Schritt und seine Stimme wurden hörbar. »Prissa! Maruzza!« rief er gellend hintereinander in die Luft, und wie verzweifelt riß des Sünders Weib ihre zögernde Gefährtin von dem Grabe weg, und in die Wiesenflur hinein, so daß, als Slomi unter der Hinterpforte des Hofes ankam, beide vom Walde her zu wandern schienen. Stumm näherten sich die Weiber dem alten Mörder, der des Husaren geladenen Carabiner in der Faust trug, und duldeten, daß er sie derb ausschimpfte, weil sie sich so weit vom Hause entfernt hatten. Maruzza hatte einen Augenblick den Gedanken; sich auf den Greis zu stürzen, ihm die Waffe zu entreißen, ihn sogar damit zu tödten, wenn er sie verfolgen sollte, und aus dieser Höhle des Verbrechens zu entfliehen. Aber sie erbebte, wie Espenlaub, da ihr der Mensch zu, krächzte: »Ich werde Euch einsperren, Maruzza, wenn Ihr noch ferner so herumschweift. Wißt Ihr wohl, daß es mich das Leben kostete, wenn Joschuch Euch, nicht mehr fände? Herein, herein mit Euch! Zur Abendzeit spazirt man nicht im Walde mehr. Es gibt böse Leute genug in dieser Gegend, und der Baschi ist nicht da, um uns zu beschützen.« – Somit trieb er die Weiber in das Haus zurück, und verschloß die Hinterpforte, wie auch das große Hofthor stets verschlossen war. Maruzza floh nach ihrem Zimmer, und Prissa erhielt von ihrem Manne derbe Prügel, verrieth aber den Schlägen zum Trotze nicht das Geringste, was Maruzza's Lage hätte trauriger machen können. Nur, als die Zeit kam, da beide sich zur Ruhe legen wollten, sagte die Alte, voll Furcht für das eig'ne Leben, zu Slomi: »Ich weiß nicht, wie mir ist. Mann. Es kommt mir aber vor, als ob die Braut des Baschi ein bitt'res Heimweh hätte, und gern davon liefe. Wir wären dann so gut wie verloren. Du solltest doch nachsehen.« – »Das will ich. Ich lege mich auf ihre Schwelle, und sie wird nicht über mich hinwegschreiten, wenn sie nicht eine Kugel im Leibe haben will.« – Slomi warf den Pelz um, nahm Gyorg's Büchse, und wollte gehen. Prissa hielt ihn ängstlich zurück: »Willst Du mich allein lassen? Wenn der Husar aus dem Keller käme? Wenn er das Seidentuch von mir haben wollte.« – »Du bist ein Vieh, alter Borstwisch! So komm' denn mit, und lege Dich auf die Treppe. Mir ist's gleichviel, wo Du schläfst, aber ich habe nicht Lust, um der einfältigen Dirne willen mein Leben zu lassen. Wäre sie doch daheim geblieben; Zu unserm Handwerk taugt sie nicht!« – Das verruchte Paar lagerte sich sodann gleich lauernden Hunden vor Maruzza's Thüre.

Welche Nacht für Gurul's Tochter! Der Taumel eines Fieberkranken, die Agonie eines tödlich Verwundeten, die letzte Nacht eines Sünders vor seiner Hinrichtung können nicht schrecklicher seyn. Maruzza konnte nicht schlummern, und vermochte dennoch nicht, besonnen zu wachen. Von tausend Dolchen war ihr Herz zerrissen, und ihr Gehirn brannte. Die aus der Mordgrube aufgewachsene

Hand tanzte ihr stets wie ein Gespenst vor Augen, aus jedem Winkel starrten Leichengesichter sie an, Blutdunst schien das Gemach zu erfüllen, und sie sprang entsetzt vom Bette, worauf sie minutenlang keuchend geruht, weil Joschuch's Gestalt wie ein mordschnaubender Riese vor ihrer Einbildungskraft auftaumelte. Sie rang die Hände, sie warf sich betend auf die Kniee, sie rief den Tod, und zitterte doch vor dem Meuchelmorde. Unzählige Male versuchte sie an der Thüre, ob denn auch der Riegel noch fest halte; sie spähte durch das vom Mondstrahl schwach erhellte Gemach nach einer Waffe, sie rief in Gedanken alle Freunde und Verwandte herbei, sie zu beschützen. ... Aber schnell sank ihr Muth. Gurul und Aya im Kerker, Nicol verschmäht, Gabor, ein Gespiele ihrer Jugend, unter den Mördern, der gutmüthige Pope von Szluka fern, und auch Fedra in Ketten ... sie, die vielleicht noch etwas über ihren gewaltsamen Sohn vermocht hätte. – Dann aber kam wieder ein Moment, herbeigeführt durch eine lange stille Thränenfluth, in welchem sich Maruzza besann, in welchem sie sich ermannte. Warum fürchtete sie Joschuch's und seiner Genossen Dolch? Sie hatte ja noch nichts gethan, des Wütherichs Rachgier zu reizen. Nicht der Tod von seiner Hand war's, den sie zu scheuen hatte; wohl aber seine Liebe, seine Begierde ... die Stunde, wo er sie zwingen würde, dem Verlobten Wort zu halten! Was war dann ihr Loos? Elend, Schmach, Verderben oder Verderbtheit. Sie malte sich mit den furchtbarsten Farben das Schaffot aus, worauf Joschuch einst verbluten würde ... Sie erblickte sich selbst im Geiste, weinend zu den Füßen des hingerichteten Sünders, oder, – ihr noch ein gräßlicheres Bild – entmenscht gleich ihm, Räuberfrau bei den wüsten Gelagen der Bande, ein Zeuge blutgieriger Thaten, eine Mitschuldige himmelschreiender Verbrechen ...! – Ja, sie wollte leben, aber nicht als Gattin eines Räubers, sie wünschte zu leben für die Pflege ihrer Aeltern, für eine glücklichere Zukunft, als die, welche ihr in diesem fürchterlichen Hause bereitet wurde. Aber frei mußte sie seyn, und nicht mit Lüge, nicht mit Entehrung diese Freiheit erkaufen. Ein rascher Entschluß, meinte sie, möchte sie retten, die Gnade des Himmels ihre Flucht sichern, aber sie durfte nicht warten, sie mußte es schnell vollführen, weil Joschuch mit dem nächsten Tag erscheinen konnte. – Sie eilte an's Fenster, sie spähte, ob ein kühner Sprung zu wagen! Ach, vor der Tiefe schauderte das Weib. Da, wo der Sprung sicherer gewesen wäre, verwehrten ihn eiserne Gitterstäbe. – Wie aber, wenn sie keck durch's Haus schritte, eine Thüre suchte, die ihr zur Flucht den Ausweg öffnete? Ein Wunder könnte ja eine Pforte geöffnet haben, der gefährliche Hofhund konnte just schlummern, Slomi berauscht schnarchen, Prissa vielleicht, von Menschlichkeit ergriffen, ihr zur Flucht behülflich werden. Sie eilte zu der Thüre ihres Gemachs, schloß sie vorsichtig auf, und sank fast bewußtlos zurück, da sich auf der Schwelle eine bewaffnete Gestalt erhob, und unfern davon die glühenden Augen des Hundes durch das Dunkel blitzten. Slomi's Stimme murrte ihr eine Verwünschung entgegen und sie warf schnell die Thüre wieder zu, und gab sich verloren, und verfiel in die starre Untätigkeit der hoffnungslosen Verzweiflung.

So fand sie der Tag. Slomi's Weib kam, und beredete sie, sich zu Bette zu legen. »Verrathet mich um des Himmels Willen nicht!« bat Prissa mit leiser Stimme: »Gebt vor, daß Ihr am Heimweh leidet. Slomi's Argwohn ist gefährlich. Was wollt Ihr auch thun? Wenn Ihr auch fliehen wolltet, so kommt Ihr keine Meile weit, ohne in die Branken eines Bären, oder in Joschuch's Hände zu laufen. Seine Gesellen sind allenthalben im Walde zerstreut. Ihr wär't verloren, armes junges Blut, und wir wären es auch. Ergebt Euch darein. Als mein Alter zum ersten Mal stahl, war mir auch entsetzlich zu Muthe, und ich fürchtete mich vor der Hölle. Aber jetzt ficht's mich schon nicht mehr an, und wenn ich einmal erschrecke, als wie gestern, so ist es nur ein Uebergang.« – Maruzza stieß heftig die niederträchtige Lästerin von sich, und vergrub ihr Haupt in den Kissen. – Slomi kam; sie sah ihn nicht an, mußte aber dulden, daß der graue Bösewicht seine Hand auf ihre brennende Stirn legte, worauf er zu seinem Weibe sagte: »Sie ist wirklich krank, und somit erklärt sich auch ihr mondsüchtiges Wandeln in der Nacht. Sie soll viel Wasser trinken, um sich abzukühlen, und ruhig im Bett bleiben, bis Joschuch kömmt. Der Baschi mag dann mit ihr anfangen, was er will; ich bin der Verantwortung ledig.«

Das würdige Paar entfernte sich, Maruzza hörte, wie man von außen die Thüre verschloß, und versank wieder in das starre Hinbrüten; woraus sie nur selten zur Besinnung kam, wenn etwa die Alte einen Blick in's Gemach warf, und sie zwang, einige Tropfen frischen Wassers zu schlürfen. Gegen die Mittagsstunde verfiel sie in einen dumpfen Schlaf, und träumte verworren von erschlagenen Menschen, sprengenden Pferden, und dem fürchterlichen Joschuch, der mit seiner Flinte beständig auf ihr Herz zielte. Endlich vergingen auch diese Bilder, und sie schlummerte fest, bis ein heftiges Geräusch sie weckte. Sie fuhr auf, als ob Flintenschüsse in ihr Ohr sausten, und richtete sich empor mit voller Besinnung und klarem Bewußtseyn. Die Sonne blitzte scharf in das Gemach, am Hausthore wurde gepocht, und kurz darauf knarrte unten der Thorflügel. »Joschuch ist's!« flüsterte sie entsetzt, und eilte nach der Thüre, um zu horchen. Sie vernahm zwei Stimmen: Slomi's und eines Fremden. Slomi fragte: »Wer seyd Ihr?« – »Das frage ich Dich. Ist der Herr des Hauses in demselben so unbekannt? Dich aber kenne ich nicht!« – »Seyd Ihr vielleicht der gnädige Herr Graf?«– »Ja doch, Tölpel. Wer bist aber Du? Wie kommst Du hierher? Wo ist der Castellan?« – »Er ist in die Bäder gefahren, wie ihm Euer Leibhusar befahl. Ich, sein Bruder, hüte indessen statt seiner das Haus.« – »So rufe schnell die Knechte, sie sollen sich bewaffnen, nehmen, was gerade in ihre Hände fällt. Pferde heraus, eins für mich, die andern für Euch. Alles, was hier lebt, soll aufsitzen, und mir augenblicklich folgen. Ich bin im Türkengrunde angefallen worden, und mein Sohn ist vielleicht in äußerster Gefahr, während mich das Roß, welches ich ritt, von einer Schußwunde toll gemacht, auf einem Seitenpfad in die Flucht trug. Zehn Schritte von hier ist es zusammengestürzt. Eile, keine Sättel auf die Pferde, in's Teufels Namen, eile!« – »Ach Herr, die Knechte sind auf der Waide. Prissa, eile, sie zu suchen. Verschnauft ein wenig, Herr. Es soll gleich gethan seyn.« – Dann wieder einige Flüche aus dem Munde des alten Grafen, dessen Stimme sich entfernte, und hierauf kurze Stille. Maruzza bebte an allen Gliedern, lief an das Fenster, erkannte den Domno von Szluka, der wie ein Verzweifelter im Hofe herumrannte, an die verschlossenen Ställe klopfte, den Knechten rief, auf den zaudernden Slomi schalt, und einmal über das andere schrie: »Miklos, mein Sohn! Wenn Dir nur der Himmel durchgeholfen hat. Die Mörder sollen der Rache nicht entgehen!« – Indessen stolperte etwas über die Treppe; Maruzza's Thüre wurde rasch geöffnet, und Slomi kam herein mit verstörtem Gesichte, Gyorg's Carabiner in der Faust. Er eilte auf Maruzza zu, und rief zähneklappernd: »Frau, nun gilt es! Der alte Graf ist da. Joschuch hat mir auf's Leben befohlen, ihn, wenn er käme, lebendig zu fassen; Frau, Euer Vater schmachtet auf des Domno Befehl im Gefängniß; Frau, Ihr seyd stark und nervig … steht mir bei, weil ich Prissa entfernen mußte, um den Alten zu kirren.

Kommt herab, denn ich vertraue nicht allein auf meine Kraft. Hier ist ein Strang. Werft ihn dem Grafen hinterrücks um den Hals, ich stürze dann auf ihn, und drohe ihm mit der Kugel, bis er sich binden läßt. Geschwind' aber; keine Zeit verloren!« Da blitzte es wie ein Wetterstrahl in Maruzza's Hirn auf. Sie stürzte sich wie eine Löwin auf Slomi, und schleuderte ihn in eine Ecke nieder, ehe er sich verwußte. Dann flog sie wie ein Pfeil zur Stube hinaus, warf hinter sich die Thüre in das Schloß, und schleuderte, die Treppe herabspringend, die schwere eichene Pforte zu, welche den Aufgang versperrte. Wohl ihr, denn schon hatte sich Slomi oben ermannt, und schnell besonnen, sprengte er mit einem Schuß aus dem Carabiner das Schloß der Stubenthüre auf. Seine Wuth scheiterte aber an der zweiten schweren Pforte; während er daran tobte, stieß und rüttelte, war schon Maruzza unten im Hofe, und dem Grafen nahe, der, von dem Schuß erschreckt, den Säbel in der einen, die Pistole in der andern Hand, auf sie zulief. »Ihr seyd unter Mördern, Herr!« schrie ihm Maruzza zu, und der alte Krieger erstarrte. »Ihr müßt fort, auf der Stelle!« rief das Mädchen weiter: »Joschuch ist nahe, und um Euer Leben ist's gethan.« – »Joschuch? Nun wird's hell in meiner Seele. O mein armer Sohn!« – »Fort, fort!« – »Wie soll ich? Kein Pferd!« – Maruzza lief auf den Stall zu, sprengte mit einer schweren Axt, welche dort im Winkel lehnte, die schwache Thüre, riß den rüstigsten von den kranken Gäulen heraus, zäumte ihn mit geübter und rascher Hand, und sagte dringend: »Fort nun, Herr, zaudert nicht!« – »Wohin?« – Wieder ergriff Maruzza die Axt, und hieb wie eine Verzweifelte das Schloß von der Hinterthüre des Hofes. Das Gatter sprang auf, der Weg war frei, und Slomi vor Wuth schäumend, mußte vom Fenster des Hauses unthätig zusehen, wie der Graf sich auf das Roß schwang. – Verwünschungen ohne Zahl geiferten von seinen Lippen, er drohte mit der unschädlich gewordenen Waffe in seiner Hand. Alles umsonst. – »Wer bist Du, hülfreicher Engel?« fragte der Graf im Augenblick des Scheidens«. »Die arme Maruzza, Gurul's Tochter;« erwiederte das Mädchen, und sank, von allen Kräften verlassen, auf einen Stein. Der Name griff an das Herz des alten Grafen. »Wie soll ich Dir vergelten, armes Kind?« – »Laß't meine Aeltern frei, und Gott segne Euch!« – »Bei meiner Seligkeit!« schrie der Edelmann, und spornte sein Pferd, und jagte über die Wiese nach dem Walde. Maruzza dachte nun auch an die eigene Sicherheit, und wollte zu Fuße der Bahn des Pferdes folgen, aber umsonst. Der Kraftaufwand der letzten Augenblicke hatte sie erschöpft, so daß sie in Ohnmacht dahinfiel. Durch den Flor, der ihre Augen bedeckte, erkannte sie nur noch des alten Slomi Weib, das in's Haus gelaufen kam, und neben ihr die Hände rang, sieh das Haar zerraufte, und mit Verwünschungen Unglückliche überhäufte, deren Besinnung unaufhaltsam schwand.

»Erwache, erwache, abscheuliches Weib!« donnerte es in den Ohren Maruzza's, und sie schlug langsam die Augen auf, und mit stürmischer Gewalt kehrten alle ihre Sinne wieder, denn sie sah ihr Grab vor sich. Die Räuber waren zurückgekehrt, im Kreise standen sie, angelehnt an ihre dampfenden Rosse; Slomi und dessen Weib zitterten gebunden in diesem Kreise, und Joschuch, schrecklich wie der Bote des Todes selbst, riß die ohnmächtige Braut, sie mit rohen Fäusten aufschüttelnd, in die Höhe. Sein Gesicht war blaß vor Wuth und verzerrt, durch den schwarzen Fleck auf seiner Wange lief eine leichte Hiebwunde, sein Gewand war zerfetzt, denn er kam aus blut'gem Streite. Doch war er Sieger geblieben; als Siegeszeichen strahlten auf seinem Gürtel die blinkenden Knöpfe von dem Dollmann des jungen Miklos. Maruzza gewahrte diese Beute, und stieß einen gellenden Schrei aus. Dagegen brüllte Joschuch außer sich: »Beweinst Du den Tod des Schurken, dessen Buhlerin Du gerne gewesen wär'st? Beklagst Du ihn, Du, welche dem Vater forthalf? Verfluchte! Gestehe Dein Verbrechen. Hat dieser blödsinnige Bursche wahrgesprochen? Ließ er sich von dem einfältigen Weibe fangen?« – Maruzza schwieg, und heftete den Blick, des Aergsten gewärtig, fest auf den Boden. Joschuch warf sie mit einem Stoße seiner Fäuste zur Erde nieder. »Dein Schweigen, Verstockte, spricht Dein Urtheil!« schrie er, und schwang das Beil seines Czakans über ihrem Haupte. Doch hielt er inne, ließ die Waffe sinken, und sagte zu Einem, der neben ihm stand mit grimmigem Lächeln: »Der Alte muß zuerst vor ihren Augen sterben. Schaffe ihn weg!« – Im Nu saß ein breites Messer in Slomi's Herzen, und mit einem dumpfen Seufzer fiel der gemordete Bösewicht zu Maruzza's Füßen nieder, daß sein Blut ihre Sandalen benetzte. Prissa erhob ein gellendes Zetergeschrei, das nur unter den heftigen Schlägen der Räuber wieder verstummte. – »Nun an Dich die Reihe!« begann wieder Joschuch mit steigender Wuth, und riß seine Flinte einem Nebenstehenden aus der Hand. Maruzza, auf ihren Knieen, schlug die Arme gekreuzt vor das Gesicht, und erwartete den Tod. Der gräßliche Bräutigam, um ihren letzten Kampf zu verlängern, setzte wieder die Flinte ab und schnaubte: »Du träumst wohl ein Paradies, elende Sünderin? Du glaubst gerade auf in den Himmel zu fahren, wähnst mich dem Pfuhl der Hölle geweiht? Mein Blut komme über Dich, Elende! Mein, meiner Mutter und Deiner Aeltern Blut; um Deinetwillen habe ich die That begangen, die mich zum Mörder macht, um Deinetwillen schmachten Gurul, Fedra und Aya im Kerker, und Du ließest den Edelmann nur frei, damit er den Henkertod der Unschuldigen beschleunige. Meiner Mutter Fluch über Dich, mein Fluch, der Dich begleite im Augenblick Deines Sterbens!« Abermals schlug er das Gewehr an, zielte mit gierigen Augen, und drückte ab. Der Schuß versagte; fluchend schüttete er frisches Pulver auf, und wollte auf's Neue losdrücken, als mit einemmale Gabor und noch ein Räuber mit fürchterlichem Geschrei in den Hof sprengten. – Mit flammendem Auge warf Joschuch die Flinte über die Schulter, und fragte leidenschaftlich: »Bringt Ihr den Domno? oder habt Ihr ihn erschlagen? Berichte schnell, Gabor: Du rettest das Leben dieser Sünderin!«

»Nein, nein!« schrie Gabor, sein Pferd wild tummelnd: »Aufs Roß, Joschuch, zur Flucht oder zum Kampf! Ein Trupp von Panduren folgt mir auf dem Fuße. Der Alte hat uns verrathen, er führt sie. Laß diese Unglückliche und fliehe, oder wehre Dich wie ein Mann!« – Mit einem gräßlichen Hohngelächter sprang Joschuch, ohne sich zu besinnen, auf das Pferd, seine Gesellen thaten desgleichen. »Der Domno will seine Wegzehrung holen!« rief Joschuch: »Er soll sie haben, und wer von Euch nicht streitet, wie ein hungriger Wolf, stirbt von meiner Hand. – Du, Gabor, bleibst zurück, und tödtest schnell diese Undankbare. Nur ihre Leiche will ich finden, wenn ich wiederkehre. Die Kugel, die ich ihr bestimmte, kann ich jetzt besser gebrauchen!«

– Den Säbel in der Faust sprengte er dem Feinde entgegen, und seine Genossen folgten ihm.

– Gabor blieb bei den Weibern zurück, Prissa hielt bei Slomis Leiche, und Maruzza erwartete mit gefalteten Händen die Vollendung ihres Geschicks.

Nachdem der lärmende Trupp sich weit genug entfernt, näherte sich Gabor dem Mädchen, und sagte mit bewegter Stimme: »Ich habe noch nie ein Weib umgebracht, und ich bin Dir gut, Maruzza. So lebe denn, und überlasse mir's, Joschuch's Grimm zu besänftigen, wenn er zurückkehrt. Ich darf Dich nicht frei lassen, weil ich Joschuch's Wuth fürchte, aber ich stehe Dir dafür, daß Du nicht sterben sollst. Folge mir und auch Du, alte Vettel, komm', um Deiner Gebieterin Gesellschaft zu leisten.« – Er faßte Beide an der Hand, und zog sie schnell nach dem Keller. Er drängte sie in das Gewölbe hinab, verrammelte die Thüre, und rief durch's Schlüsselloch den Gefangenen zu: »Verhaltet Euch ruhig und mäuschenstill. Ich folge dem Joschuch, um neben ihm zu fechten. Sorgt aber nicht; ich komme dann wieder, und hebe selbst Euch aus dem Grabe.«

Die Weiber in dem Keller hörten, wie seine Schritte sich entfernten, und auf die Schrecken der letzten Stunde folgte eine tiefe Stille. Maruzza saß starr wie ein Steinbild am Boden, und auch der alten Prissa Schluchzen verstummte in dem Maße, als die Gespensterfurcht wieder in ihr aufkam. Von der dichtesten Dunkelheit umgeben, athmeten die Gefangenen neben einander, ohne mit einem Wort das gräuliche Schweigen zu brechen, und an ihr Ohr schlug lange kein Laut. Endlich ... von ferne verwirrtes Getöse; Pferdegetrappel durch das weite Thor... Geschrei, Lärmen, Waffengeklirr, Gejauchze einer siegestrunkenen Menge. »Bereite Dich zum Tode!« seufzte Maruzza in sich hinein, erschüttert von Joschuch's Wiederkehr, und an Gabor's Trost verzweifelnd. Prissa heulte und stöhnte wieder auf's Neue. – »Wo, wo sind sie?« riefen draußen mehrere rauhe Männerstimmen, während über den Häuptern der Gefangenen schwere Tritte polterten, und Flintenkolben aufstampften. Unter gewaltigen Schlägen sprangen die Thüren, auch an die Kellerpforte donnerten Kolbenstöße ... die Pforte wich... der Augenblick der Metzelei schien gekommen ... unwillkührlich fest umschlangen sich die Weiber, den Tod zusammen zu leiden. Blutrother Schein der Abendsonne schlug durch die zertrümmerte Pforte ... viele Männer strömten in das Gewölbe, und rissen die Verkleidungen von den Kellerfenstern. Es wurde hell. »Sind hier Räuber?« schrieen die Kommenden wild: »Ergebt Euch, Ihr Hunde!« Ein Schuß knallte auf's Ungefähr durch den Keller, und die Weiber schrieen laut auf. – »Weiberstimmen? Alle Heilige! Maruzza! Wo bist Du?« rief der

Anführer der eindringenden Schaar. Maruzza stutzte, ein Strahl der Freude belebte sie ... »Nicol's Stimme? Hier bin ich!« seufzte sie aus schwer athmender Brust, und lag weinend vor Entzücken in den Armen des Pandurenführers. Auf seinen Armen trug sie Nicol zum Tageslicht empor. Im Hofe lagen gebundene Räuber am Boden, aufgeschichtete Waffen, Sieg verkündende Beute. Die Panduren standen rings mit blitzenden Gewehren, in ihrer Mitte saß der alte Graf, Kampfeshitze auf der Stirn, aber tiefe Trauer in den Zügen. Nicol hielt vor den Augen der staunenden Maruzza Joschuch's blutigen Gürtel in die Höhe, und jauchzte mit wilder Freude: »Er ist todt, der Abscheuliche! Dich bindet nichts mehr, Maruzza. Das Grab gibt Dich frei ... sey nun endlich die Meinige!«

»Horch, der Hahn kräht, der Morgen dämmert – der Dienst ruft mich von Deiner Seite;« sagte Nicol, der kühne Pandurencorporal, und verließ das geliebte Weib mit einem Kusse. Maruzza hielt ihn auf, und antwortete: »Scheide doch nicht so rauh und kurz von mir. Ich fühle mich immer so allein, wenn Du mich verlässest, und möchte jede, Augenblick, wo ich Dich noch länger zurückhalten kann, mit Gold bezahlen. Du darfst nicht gehen, ohne von meinen Händen Deine Waffen zu erhalten. Mein Segenspruch wird Dich alsdann über den ganzen Tag vor Gewalt und Gefahr schützen.«

Sie reichte ihm den Gürtel und die Patrontasche, den Säbel und die Pistolen, und bemerkte hiebei, daß Nicol heute just so kriegerisch aussehe, wie an dem Tag, da er sie in des Grafen Jagdhause vom Tode befreit. – »Ein schöner Tag!« versetzte hierauf Nicol, und ließ sich, noch eine Weile zu plaudern, neben Maruzza auf die Bank nieder: »Das war unser eigentlicher Hochzeittag. Der Segen des Popen, der bald darauf folgte, vermochte nicht, uns inniger zu verbinden, als der Augenblick es gethan, wo ich auf meinen Armen Dich aus dem Keller trug, Dich zu retten, nachdem ich kurz vorher den Joschuch von meinem braven Volkow darniedergestreckt sah, ihm den Gürtel raubte, als Preis und Beweis meines Sieges! Ich danke dem Himmel, daß ich Pandur geworden bin, um Dich zu befreien, ob ich gleich nicht sehr froh war, als mir der Graf, noch in der Nacht, da Joschuch Dich von Szluka holte, das Gefängniß öffnete, worin mich der niederträchtige Span geworfen. Ich war zerfallen mit den Menschen, und dankte dem Grafen kaum, und eilte, was ich konnte, schnell das unselige Dorf zu verlassen, wo ich Dich nicht mehr fand, und ahnte nicht, daß ich schier dieselbe Straße zog, worauf Dich Joschuch fortriß. Ich flog wie ein Pfeil meiner Bestimmung entgegen, ich war begierig, einem Räuber die Spitze zu bieten. Das Mißtrauen, womit mich das kleine Commando empfing, dem ich vorzustehen hatte, schärfte noch in mir die Lust, bald recht kühn an seiner Spitze zu fechten. Wie mein Herz klopfte, als schon am ersten Tage sich die Gelegenheit bot, auf die Streife zu ziehen, als ich erfuhr, daß man Spuren einer gefährlichen Räuberschaar entdeckt! Wenn ich gewußt hätte, daß Du mir so nahe warst! Eine Nacht und einen halben Tag hatten wir fruchtlos streifend zugebracht, als uns der Graf auf keuchendem Pferde begegnete, mich erkennend, uns aufrufend zur Hülfe, uns führend zum Siege.« – Maruzza verbarg ihr Gesicht an Nicol's Brust, und flüsterte: »Jener Tag hat mich zwar in Deinen Besitz gebracht, und ich freue mich dessen, aber vergessen konnte ich doch nicht, obschon mehrere Monden seitdem verflossen, daß jener Kampf einem Manne das Leben kostete, der vielleicht weniger sträflich war, als sein Gewerbe. Er möge von der Hölle erlöst seyn!« – »In Gottes Namen!« erwiederte Nicol: »Ich habe keinen Groll gegen ihn; nur kann ich Dir betheuern, daß gerade der mit dem Pulverfleck gezeichnete Mensch der größte Schrecken dieser Wälder war. Von seinen Genossen ließ sich dann und wann Schonung erwarten, aber nie von ihm. Sein Messer würgte unaufhaltsam, seine Kugel war unbarmherzig. Daher nannte man ihn den Stolz des schlechten Gesindels, das sich hier herumtreibt, und dessen Daseyn man in dem friedlichen Szluka nicht ahnte, als bis Gabor dort erschienen war, um meinen armen Vetter zu morden. Gabor starb eines verzweifelten Todes, wie ein Reiter in der Schlacht; siebzehn Wunden bluteten an seinem Körper, und nur mit seinem Fall endete der Streit. Joschuch war vor ihm durch einen Schuß getödtet worden, und schien im Tode noch zu drohen und meinen Leuten Entsetzen einzujagen. Sie plünderten ihn, aber Keiner wagte es, die nackte Leiche zu berühren. Die versprengten Genossen des Räuberhauptmanns hatten übrigens, da wir zur Wahlstatt zurückkamen, mit abergläubischer Vorsicht die Leichen der Gebliebenen zur Seite gebracht, und in irgend einer verborgenen Schlucht begraben, den Vögeln und Raubthieren eine wehrlose Beute.« – »Gott schenke denen Ruhe, deren Leiber ungraben auf dem Felde liegen!« sagte Maruzza fromm: »und Friede gebe er den Menschen auf der Erde. Ach, guter Nicol, mich flieht der Friede so lang, bis ich meine Aeltern wieder sehe. Schon sind so viele Monate verflossen, der Spätherbst entlaubt die Bäume, und meine Hoffnung will nimmer grün werden. Der Graf vergaß des Versprechens, das er zur Zeit der Noth mir so heilig gegeben; mein Vater und Mutter Aya schmachten immer noch im Gefängniß. Wären sie frei, so hätten sie längst ihre Tochter aufgesucht, und Dich als ihren Schwiegersohn umarmt.« – »Der Edelmann ist mit dem Wort gleich bei der Hand, und zaudert mit der That!« versetzte Nicol bitter, und warf einen finstern Blick auf die ärmliche Wirtschaft, den einzigen Lohn, den er sich mit seinem Blute gewonnen: »Vornehme Leute besinnen sich lange; entschuldige jedoch den alten Grafen mit seinem Schmerz; sein einziger Sohn fiel ja von Joschuch's Hand getödtet, und er ist der Letzte seines Stammes. Ich fertige morgen einen Panduren nach dem Hauptcommando ab, und will durch ihn ein Schreiben an den Grafen befördern lassen: eine Mahnung, damit er sich des Schicksals Deiner Aeltern erinnere, und Ernst mache. Vielleicht hilft's.« –

Die Panduren, die zu der Station gehörten, welche Nicol befehligte, hatten sich während des kurzen Gesprächs vor dem Stationshause aufgestellt, und riefen dem Anführer. Der Dienstpflicht eingedenk, trennte sich Nicol augenblicklich von dem geliebten Weibe, und versprach, am frühen Abend von der Streife zurück zu seyn. Maruzza wollte ihn kaum aus ihrem Arm lassen, und er sagte daher verwundert zu ihr: »Warum heute dieser Schmerz? Du mußt der kurzen Trennungen gewohnt werden. Warum gerade heute so beklommen? Fürchte nichts, wenn Du auch allein zu Hause zurückbleibst; in unsere Nähe wagt sich nicht so leicht räuberisches Gesindel, und ringsum lasse ich die Patrouillen gehen. Zum Ueberfluß bleibt ja der wackere Hund Tolpasch an Deiner Seite. Der schwarze zähneblöckende Wächter weiß gar wohl, daß er meinen Schatz zu hüten hat.«

Lächelnd machte sich Nicol aus Maruzza's Armen los, und trat zu seinen Soldaten. Er hatte bald einer jeden Rotte ihren Weg vorgezeichnet, die Commandirten schwenkten ab, und Nicol zog mit derjenigen Abteilung, welche den schwierigsten Weg zu machen hatte.

Die flatternden Mäntel, die blinkenden Waffen waren bald im grauen Wald verschwunden, bald verstummte der letzte Ton des Gesangs, womit die Panduren abzogen. Maruzza war allein. Die Sonne trat lächelnd aus den grauen Wolken, und die herbstliche Natur erquickte sich an den warmen Strahlen. Maruzza's Geist wurde heiterer, gleich dem Himmel, und sie ging mit Lust an die tägliche Beschäftigung. Sie fegte sauber die kleine Stube, die sie mit Nicol bewohnte, ordnete das Lager, öffnete Fenster und Thüren, damit die warme Luft einziehen möge, putzte den kleinen Spiegel in dem breiten bunten Rahmen, wischte den Staub von den Waffen ihres Mannes, von seinem Tornister, und sah nach dem Ofen, um den Speisevorrath zu berechnen, der sich noch im Hause fand, und vorhalten mußte, sowohl für Nicol als die übrigen Panduren, die in demselben Hause Nicol's Stube gegenüber, in einer Art von Speicher wohnten und schliefen. Das Haus selbst stand aber auf ziemlich hohen Pfählen, in dem sumpfigen Boden fest eingerammt, und bildete somit in seinem Untergeschoß einen offenen Stall, oder ein Obdach vor dem Regen für die Schildwache, die in der Nacht das Haus zu hüten pflegte. Denn die Station war, obgleich an einer fahrbaren Straße, dennoch rings von Wald und Schluchten umgeben, und zur Nachtzeit wohl zu verwahren. Am Tage ruhte zwischen den Pfählen der große Hund der Station, der sich mit Maruzza bald befreundet hatte, und heute sie allenthalben bei ihren häuslichen Verrichtungen begleitete, bis Maruzza ihn wieder auf die hohe Haustreppe verwies, um ein Stündchen der weiblichen Eitelkeit zu widmen. Sie holte nämlich, als ob Sonntag wäre, die schönen bunten Kleider, welche ihr Nicol von einem benachbarten Jahrmarkte mitgebracht hatte, aus der Truhe, und schmückte mit hellfarbigen Tüchern, in einen türkischen Bund geschlungen, den Kopf, nach Weise und Sitte der Frauen. Sie putzte sich auf, so gut sie vermochte, und beschaute sich wohlgefällig im Spiegel; da sie aber in der Truhe weiter suchte nach Schmuck und Kleinodien, ihren Hals zu zieren, fielen ihr die Perlen in die Hände, die sie einst von Joschuch empfangen. Ihr Anblick verscheuchte Maruzza's gute Laune, ohne ein Wort zu sprechen, legte sie die Perlen nieder; schloß die Kiste, und trat an's Fenster, um sich zu zerstreuen. Es kam zufällig eine Menge von Menschen die Straße dahergezogen: Oelverkäufer, wandernde Schäfer, Roßhändler mit ihren Thieren, Bauern mit ihren Weibern, barfuß schlendernde Kaluger, und dann und wann

Fuhrleute vor beladenen Wägen, mit ganzen Heerden kleiner Pferde bespannt. Unfern von dem Stationshause stieg ein steiler Bergabhang in die Höhe, und das Thal wiederhallte von dem beständigen rasenden Geschrei der Fuhrknechte, womit sie die Pferde immer im angestrengtesten Trab die schroffe Höhe hinanjagten, ganz kurze Zeit inne hielten, und dann wieder den Lärm von Neuem begannen. Aber auch dieses Getümmel verhallte, und alle Wanderer waren flüchtig vorübergegangen, als die Mittagszeit herannahte. Da die Straße öde geworden war, wich auch Maruzza vom Fenster, und war im Begriff, ihren Putz abzulegen, wodurch sie manchen vorüberziehenden Mann entzückt hatte, als plötzlich Tolpasch auf der Treppe ein ungeheuerliches Gebell erhob. Maruzza pfiff dem aufrührerischen Hunde, und Tolpasch kam zu ihr an den Ofenheerd, obgleich knurrend und zähnefletschend, und ihm folgte ein abgerissener verwilderter Bettler mit schwerbeschlagenem Knotenstock, ein kurzes Beil im Gürtel, und die Mütze von Lammfell tief in die Stirn gedrückt. »Gib mir zu essen, Frau!« sagte er mit dumpfem und gebieterischem Tone gleich beim Eintreten: »Ich bin hungrig, und dulde keine Ausflüchte.«

Maruzza trat verwundert dem rohen Gast einen Schritt entgegen, und fuhr wie vernichtet zurück, da sie die Züge des Bettlers gewahrte. Joschuch's Antlitz starrte ihr entgegen, zerrissen von Narben, entstellt von Hunger und Wildheit. Ein Auge war zu Grund gegangen, das andere stierte glühend und drohend nach dem Weibe. »Bei allen Hexen!« rief er mit heiserer Stimme: »Ist dieses Weib nicht Maruzza?« – Er streckte beide Hände nach ihr aus, sie wich zurück und strauchelte, Tolpasch glaubte sie in Gefahr, und fiel den Bettler mit scharfem Zahne an; aber mit einem Meistergriff packte der geübte Räuber den Hund bei der Kehle, und schleuderte ihn so unsanft über die Treppe, daß Tolpasch sich wimmernd unter die Strebepfähle verkroch. »Wenn Du keine andere Wache hast, Maruzza!« sagte Joschuch hierauf höhnisch: »so bist Du verloren, gelüstete mir nach blutiger Vergeltung. Aber ich will noch nicht von der Vergangenheit reden. Schaff mir zu essen, denn ich muß meinen Hunger stillen, bevor ich entscheide, ob ich Dir das Leben schenke, oder meiner Rache ihren Lauf lasse. Es ist schon so weit mit mir gekommen, daß ich meine Leidenschaft dem Hunger unterordne. Bediene mich also gleich, oder fürchte den Tod! Du magst Dir einbilden, daß nur das verzweifelste Elend den Gauner in ein Pandurenhaus treiben kann, um darin Essen zu verlangen. Schaff' her, was Du hast.«

Er drohte seiner ehemaligen Braut mit dem kleinen Handbeil, und sie schickte sich zitternd an, seinem Befehle zu gehorchen, obschon ungewiß, ob sie mit einem lebendigen Menschen, oder mit einem Gespenste zu thun habe. Während dessen machte sich's Joschuch in Nicol's Stube bequem, pflanzte sich an den Tisch, wie der Herr vom Hause, und sprach der wohlgefüllten Flasche zu, die auf dem Fenstersimse stand. – Ohne ein Wort zu reden, stellte Maruzza vor ihn hin, was das Haus vermochte. Er aber sagte, mit Heißhunger über die mäßige Speise herfallend: »Du bist unfreundlich. Du hast, seit Du ein Pandurenweib geworden, die Sitte verlernt. Unterhalte Deinen Gast. Setz' Dich zu mir!« – Maruzza zögerte.– »Setz' Dich, oder es wird nicht gut!« wiederholte Joschuch mit gefährlichen Blicken, und riß mit nerviger Faust das bebende Weib an seine Seite. Maruzza vermochte nur mit zitternder Lippe zu stammeln: »Ich fühle nun, das Du lebest, Joschuch, aber ich begreife es nicht. Du schienst mir ein Gespenst, weil treue Zeugen mir Deinen Tod verkündeten.« – Joschuch lachte wild, und erwiederte, nachdem er einen langen Zug aus der Flasche gethan: »Unkraut kommt ewig wieder, Maruzza. Ein schlechter Kerl verdirbt nicht. Darum lebe ich noch. Ein Schuß ging mir brennend durch die Brust, aber ich rang mich dem Tode ab, kroch matt und blutend von dem Platze, den der Feind verlassen hatte, und rollte mich in den nächsten Absturz, damit sie meinen Körper nicht verstümmeln, mir den Kopf nicht zum Siegeszeichen abschneiden sollten, lieber wollte ich am Gestein zerschmettern, oder mich auf einer Tanne spießen. Keines von Beiden geschah. Ich stürzte von Klippe zu Klippe, auf den Boden der Schlucht, und der Fall kostete mir, außer dem zerschundenen Fell nichts, als dieses Auge, das an einem Dornenstrauche hängen blieb. Vom Schmerz zerfleischt lag ich lange im kühlen Sumpf und Moor, bis mich Zigeuner fanden, Diebe, welche in jener Tiefe ihre Höhle hatten, und mich darinnen mit ihren heilsamen Tränken und Pflastern am Leben erhielten. Ich bin noch nicht lange von ihnen weg, und setze meinen Weg hungernd und stehlend fort. Aber in diesen verfluchten Berge gibt's für den Einzelnen keine Beute; ich habe meine Flinte nicht mehr; des einen Auges beraubt, bin ich nicht mehr Herr der Welt, aber mich hungert, wie den gesündesten Räuber, und ich wollte heute sogar den Pandurenschergen trotzen, es auf's Aeußerste ankommen lassen, um nur zu essen. Ich fand Speise und – Dich! Zu jeder andern Zeit hätte mir Dein Anblick die Lust zum Essen genommen. Heute bin ich gleichgültiger. Wie kommt's aber, daß ich Dich hier treffe? Du das Weib eines Panduren? Oder die Metze eines Häschers?«

Waruzza verneinte empört durch ein Zeichen, und wollte sich von Joschuch entfernen. Dieser hielt sie jedoch mit krampfhaft zitternder Hand zurück, und fuhr mit hohlem Tone und boshaftem Ausdruck fort: »Ich glaubte Dich im Himmel, mein gutes Herz. Gabor hat also seine Pflicht nicht gethan? Gestehe mir: hat Gabor Dich nicht geliebt? Hast Du ihn nicht wieder geliebt, und ihm etwa erlaubt, was ich mir selbst, ich Thor, durch einen Schwur versagte?« – Maruzza schüttelte voll Abscheu den Kopf, und wendete sich von dem gräulichen Nachbar. Dieser sprach weiter: »Du verneinst, und ich muß es glauben. Jedoch ... wenn das Verbrechen geschah, so hat er seine Strafe dafür, und die Deinige bleibt nicht aus.« Hier sah er Nicol's Weib mit einem vernichtenden Blick an; sein Auge wurde aber bald milder, und er fuhr, tändelnd wie mit einem Kinde, fort: »Aber sag': Wie konntest Du meiner so schnell vergessen? Ich hatte es so gut mit Dir vor. Du wär'st eine schöne Räubermutter geworden, und am Ende hätten wir uns zur Ruhe gesetzt, und gelebt wie ehrliche Leute. Wie konntest Du einen Panduren zum Manne nehmen? Vielleicht einen von denen, die mich fangen wollten?« – Maruzza sah verwundert in Joschuch's Antlitz; sie fürchtete, daß er wahnsinnig seyn möchte, und ein verrücktes Lächeln spielte wirklich um seinen Mund. Daher sagte sie ihm streng: »Ich hielt Dich todt; Dein Handwerk hatte uns früher schon getrennt. Ich durfte mich einem andern Manne zum Weibe geben. Du hast mich nicht zur Rechenschaft zu ziehen. Fürchte aber meines Gatten Heimkehr. Du bist dann unrettbar verloren.«

Nun wurde Joschuch's Gesicht wieder ernsthaft, und er antwortete verächtlich: »Du wirst mich nicht verrathen, schwaches Geschöpf! Du wirst nicht den Verlobten, den Du betrogst, an den Strang liefern. Freue Dich, daß ich Deinen ersten Verrath noch nicht bestrafte. Du hast Todesangst dafür ausgestanden; fahre also hin. Ich verlade aber von Dir eine Waffe, mich zu vertheidigen, eine fern hintreffende Waffe, und jene Pistole ist gerade, was ich wünsche.«

Ehe Maruzza ihn hindern konnte, sprang er auf, und bemächtigte sich einer Pistole, die an der Wand hing. Er untersuchte Lauf und Schloß, und fand mit großem Behagen die Waffe scharf geladen. Zugleich hing er ein Pulverhorn um seine Schultern, und näherte sich wieder der in Furcht aufgelösten Maruzza. »Warum so bleich?« fragte er. Maruzza versetzte ängstlich: »Du bringst mich um durch Deine Reden und Dein Thun. Wenn mein Mann käme! Was wirst Du beginnen? Wo willst Du hin?« – »Nach Szluka,« rief Joschuch trotzig, die Hände in die Seite gestemmt, und betrachtete Maruzza mit glühendem Blicke. –»Unseliger, was willst Du dort?« – »Noch einmal die Mutter sehen, die im Kerker schmachtet, und dann den Domno ermorden.« – »Alle Heiligen stehen uns bei! Und dieses Gewehr soll dazu dienen? Wehe mir, und wehe Dir!«

»Ja, wehe Dir! wenn ich zurück kehre, weil es Dir alsdann gelten wird. Du sollst die letzte Speise für meinen Heißhunger nach Rache seyn. Die Mutter sehen, den Grafen tödten, und Dich zuletzt erwürgen, dieses ist allein noch der Zweck meines Lebens. Dann stoße ich mir selbst das Messer in den Leib, oder knüpfe mich am nächsten Baumaste auf. Zuvor aber, schöne ungetreue Braut, will ich die Liebe in Deinen Armen kosten. Ein Elend wär's, zu sterben, ohne die Reize zu genießen, die einstens für mich blühten. Ergib Dich mir, denn die Stunde ist günstig.« – Maruzza flüchtete entsetzt nach dem Ausgange, und rief: »Du bist wahnsinnig, Joschuch! Pfui über Deine Schändlichkeit! Entferne Dich, oder ich schreie um Hülfe, daß der Wald und die Straße wiederhallen.«

Joschuch verrannte ihr an der Treppe den Ausweg, und sagte dringend lüstern: »Ergib Dich mir, gutes Herz, und ich schenke Dir dafür das Leben, habe dann nicht mehr die Mühe, hieher zurück zu kommen, und finde schon in Szluka mein Grab.« – Da gedachte Maruzza des Abends auf dem Kirchhofe zu Szluka, wo sie den rauhen Joschuch von menschlicher Regung ergriffen gesehen, und sie baute darauf ihre Hoffnung, und näherte sich mit aufgehobenen Händen dem gierigen Wütherich, und sagte beweglich zu ihm: »Ich bin ein schwaches Weib, Du aber bist ein Mann. Du warst immer wild und unbarmherzig in Deinem Leben, doch drohtest Du nur dem mächtigen Feind, und nicht einem wehrlosen Geschöpf. Sey auch heute so. Gedenke wenigstens der Zeit, da Dein Herz noch fähig war, zu lieben, gedenke Deines frommen Vaters, an dessen

Grabhügel wir zusammen gebetet, gedenke Deiner Mutter, welche Du immer liebtest, trotz Deines Ungestüms. Um Deiner Mutter, um des Weibes willen, schone heute das Weib!« – Die Schlauheit oder der Verstand Maruzza's hatten ihr Ziel nicht verfehlt. Durch die trock'ne Rinde um Joschuch's Herz drang ein schmelzender Strahl des Gefühls. Er ließ erschüttert seine Arme sinken, hielt dann beide Hände vor das Gesicht, seufzte tief auf, und wankte dann wie ein erschöpfter Mensch zu der Bank, wo er sich ermattet niedersetzte. Sein Gesicht verzog sich gewaltsam, als ob er mit der letzten Thräne kämpfte, und er murmelte vor sich hin: »Du hast gewonnen, Maruzza! Mein Sinnen soll nur nach dem Kerker der Mutter, nach dem Grabe des Vaters stehen. Ich verzeihe Dir Alles; sey ruhig, Du wirst nicht von meiner Hand sterben! Du wirst mir heilig seyn. Aber, so wie der Abend dämmert, und die Rückkehr Deines Mannes zu besorgen steht, wandere ich weiter, um Fedra zu sehen, und dem Domno mit dem Tode die Grausamkeit zu vergelten, die er an dem armen Weibe verübt. Laß' mir diese Freude, Maruzza; sie ist die letzte meines Lebens.«

»Horch!« fiel ihm Maruzza in's Wort, und legte den Finger auf den Mund. Mehrere Menschenstimmen wurden am Fuße der Treppe laut, Tolpasch bellte und knurrte, Maruzza erkannte die Stimmen einiger Panduren der Station. Sie erblaßte, und flüsterte zu Joschuch: »Du bist ein Mann des Todes! Panduren sind da, ihre Waffen klirren, sie steigen die Treppen heran, wehre Dich wenigstens nicht, lege das Gewehr ab; vielleicht rettest Du Dein Leben!« – Statt aller Antwort warf Joschuch schnell entschlossen den Blick durch's Gemach, deutete auf den Rauchfang über dem Herde, und kletterte wie eine Katze darinnen empor. »Mach' kein Feuer an, schmore mich nicht!« rief er leise hinab: »Schicke die Leute bald fort, damit ich von Dir Abschied nehme.«

Er verschwand im rußigen Schlot; Maruzza trat den Panduren entgegen. – »Frau!« sagte der Eine von der Patrouille, »wir haben Dir ein fettes Wildpret gefangen. Was gibst Du uns dafür?« – Und als Maruzza verwundert schaute, trat zwischen den Panduren hindurch ein Mann auf sie zu, von einem Weibe begleitet, in der Tracht ihrer Heimath, von Staub bedeckt, ermüdete Wanderer, aber in dieser Hütte willkommen. Im Taumel des Entzückens laut schreiend, fiel Maruzza um den Hals der Fremden, und jauchzte: »Gurul!

Aya! kommt ihr endlich, theure Aeltern? Freude ist diesem Hause aufgegangen, und der Himmel segne Euern Eingang, Vater, Mutter!«

Weinend und durcheinander redend bewillkommten sich die Leute, die sich so lange nicht gesehen. Die Panduren standen mit verschränkten Armen dabei, als gerührte Zeugen. – »So weit seyd Ihr zu Fuße gewandert?« – »Wir haben keinen Wagen und kein Roß, Kind!« versetzte Gurul, die Achsel zuckend: »Im Comitat behielten sie das Geld des jungen Grafen, und wir waren froh, daß wir mit der Haut davon kamen.« – »Wie lange hat es gedauert, bis Ihr mich besuchen konntet! Hielt man Euch so lange im Kerker? Zauderte der Graf so lang, sein Wort zu halten?« – Aya versetzte mit gefalteten Händen: »Freilich kommen wir jetzt erst aus dem Gefängniß, aber der Domno ist nicht Schuld an dem Versäumniß. Er war kaum auf sein Schloß zurück gekommen, als er in Krankheit fiel, und seinem armen Sohne recht bald folgte. Da mußten wir denn schmachten, bis es lang nachher dem neuen Erben und Grundherrn einfiel, daß ihm der Domno auf dem Krankenbett empfohlen, uns frei zu lassen. Dann erst geschah's.«

»Gott verdamme den Span, und alle Richter, die unsere Henker waren!« setzte Gurul verdrießlich hinzu. Mutter Aya fuhr aber geschwätzig fort: »Wir wären dennoch um ein paar Tage früher gekommen, gute Maruzza, aber wir wollten die Nachbarin, die im eigenen Unglück so treu bei uns ausgehalten, in ihrer Noth auch nicht verlassen.« – »Wen meinst Du, Mutter?« – »Je nun, die alte Fedra meine ich.« – »Joschuch's Mutter?« – »Dieselbe.« – »Heiliger Nicolaus! Sie ist todt?« – »Wahrhaftig!« sagte Gurul kalt und gleichgültig: »Die alte Fedra ist richtig todt, und im Sterben war ihr letztes Wort noch der Name ihres Sohnes.« – Da verstummte Maruzza in Thränen, und auch die Andern schwiegen; aber in der Höhe des Schlots donnerte ein Schuß, und mit zerschmetterter Stirn stürzte Joschuch auf den Herd herab. Mit einem Schrei des Entsetzens flohen Alle vom Herde weg, und Joschuch hörte diesen Schrei nicht mehr, denn er war hinüber gegangen, wo Fedra seiner wartete. – In diesem Augenblicke kam Nicol mit seinen Leuten heim, und fand zu gleicher Zeit die willkommenen Schwiegerältern, und einen gefährlichen Feind in seinem Blute. Relation eines Officiers, aus dem spanischen Erbfolgekriege.

Das Haus der Frommen

Es war gar nicht lange nach der Schlacht bei Hochstädt, als mir von dem Prinzen Eugenio ein Congé von einigen Monaten bewilligt wurde, um mich von meinen Strapazen und Wunden zu erholen. Ich gedachte diese Zeit in Neustadt zuzubringen, weil mir die Lage des Städtchens überaus wohl gefiel, und der Weg nach meiner Heimath allzuweit gewesen wäre. Auch hatte ich daselbst keine Verwandten mehr, die einige Zuneigung meinerseits meritirt hätten, indem meine Schwester, wiewohl verheiratet, und ein arger Zankteufel für ihren Mann, dennoch ein größerer Sadrach stets gegen mich gewesen, wofür ich sie erst vor einem Jahre auf gut militärisch mit der Fuchtel abgestraft. Der Schwager selber war ein gutes Thier, und gar wohl zufrieden, wenn ihn seine Xantippe nur beim Schnaps beließe, den er vor Allem liebte. Ich halte dafür, daß er sich nicht gemukst hätte, wenn mir die Frau Schwester ein Ratzenpulver in die Biersuppe gerührt haben würde. Derohalben dachte ich mir: Basta mit der ganzen Sippschaft, und ich wollte in der Fremde leben, weil mir daheim nicht Gesundheit und nicht Geld geblüht hätte. Wie vergnüglich hätte mir jetzo eine gute und honette Frau gethan! Aber ich bin in allen meinen Liebschaften meiner Tage her unglücklich gewesen. Die eine ist gestorben, die andere hat mich quittirt um eines Andern willen, und die dritte zog sich zurück, da sie merkte, wie ich ein armer Schlucker war, und kaum als Lieutenant meine Equipage aufrecht erhalten mochte. So jung ich dazumal auch war, so hängte ich also jedwede Amour an den Nagel, und gab mich nur mit den Cameraden ab, oder mit meinem braven Philipp, der mein Pferd so lieb hatte, wie sein Leben, und mich, seinen Herrn, noch etwas lieber. Der Philipp war ein alter Soldat, nicht mehr gar adrett in seinen steifen Gliedmassen, aber von bestem Character, und einer seltsamen Memorie, indem er Alles wieder zu erzählen verstund, was ihm passirt, da er unter dem tapfern Markgrafen Louis von Baden gedient; wobei wir uns in allerlei ergözliche Conversationen einließen, Tabak rauchten, und Bier tranken oder Wein bis in die späte Nacht, obgleich mäßiglich, weil sich Trunkenheit für einen Soldaten und Officier nicht schicken mag.

Der Philipp zog also mit mir nach Neustadt, und machte zugleich meinen Feldscheer, indem er mich verband und pflegte, und allenthalben den tüchtigsten Quartiermeister abgab. So hatte er mir zu Neustadt eine Wohnung ausgemacht, wie ich sie nicht zum zweiten Male in meinem Leben jemals gefunden. Das Quartier war in dem Hause am großen Markt, neben der Schmiede, und hieß zu den drei rothen Herzen, und eine Familie von Pietisten wohnte darinnen, bei der ich in Kost und Wohnung lag. Die Familie war curieus zusammen gesetzt, und bestand aus einem alten, vom Geschäft zurück gezogenen Kaufmann, der eine gar nicht viel jüngere Frau hatte, und statt der Kinder einen kleinen Neuveu, und eine ditto Niece, deren Vater auf der Insel Ceylon in der größten Pauvreté gestorben war, worauf der Oncle die Waisen um Gotteswillen zu sich genommen. Ein grauköpfiger Bedienter besorgte die Wirtschaft dieser Leute; das Haus gehörte aber der Schwester der vorbenannten Kaufmannsfrau, und bei dieser Schwester war es eigentlich, wo ich logirte. Mein Philipp hatte sich bei ihr in sonderbarliche Gnade und Zuvorkommenheit gesetzt, und somit für mich die schönste Stube im Hause acquirirt. Die Meubles waren freilich etwas altväterisch, und hätte meines Bedünkens wohl der kühne Held Jean de Werth daselbst zur Zeit sein Hauptquartier aufschlagen dürfen, aber Alles war im Ueberfluß vorhanden und eingerichtet, wie es sich für einen Cavalier schickt. Als ich zum ersten Male hineinkam und wohlgefällig bemerkte, wie gut das Quartier bestellt sey, mit Lehnsesseln, Vorhängen und allerhand galanten Figuren, und Spielwerken von Porcellan auf dem Kamin und denen Spiegel-Tischen, bemerkte ich auch zugleich eine exquisite Uhr von bedeutender Größe und Umfang, die mitten in der Stube gleich als auf einem Postamente aufgestellt war. Weil ich nun von Jugend an, da mein seliger Herr Vater ein überaus kunstreicher Goldschmied und Mechanicus gewesen, an allerlei mechanischen Arbeiten und Studien absonderliche Freude gehabt, so mochte ich mich nicht enthalten, augenblicklich auf diese Standuhr hinzulaufen und dieselbe von allen Seiten zu besehen. Sie war ein curieuses Meisterstück, und zeigte außer den gewöhnlichen Verrichtungen, den Mond- und Sonnenlauf, und einen immerwährenden Kalender, war aber nicht aufgezogen, und stand daher stille. Ich schickte den Philipp hinunter, um von der Hausfrau den Uhrenschlüssel zu begehren, und erhielt denselben ohnverweilt, worauf ich die künstliche Maschine aufzog, aber mit Leidwesen baldigst einsehen mußte, daß sie voll von Staub und Unrath stecke, und sehr bald wieder nicht mehr ging. Gleich darauf war ich jedoch wieder ganz content, weil ich mich resolvirte, die Uhr wieder selbst auszuputzen und herzustellen, sintemal ich eine große Praxin in solch' artiger Geschicklichkeit besaß. Der Philipp, weil er froh war, wie er sah, daß ich wieder an etwas Freude hatte, lief wie ein Marodeur im Hause auf und nieder, und verschaffte mir bald alle Instrumente, die ich brauchte. Denn der verstorbene Mann meiner Quartierfrau war ein Uhrmacher gewesen, und sein ganzes Handwerkszeug noch vorhanden. Da machte ich mir's denn commode mit meinem blessirten Fuße, setzte mich schon am andern Morgen nieder, streifte die Hemdärmel auf, und laborirte, wie ein gelernter Uhrmacher. Das waren den Leuten im Hause spanische Dörfer, denn sie waren bisher von ihren Einquartierungen nur ein wüstes Fluchen und Toben und ein abscheuliches Saufen und Spielen gewohnt, aber keine sedate Beschäftigung und keinen Fleiß. Sie wollten Alle sehen, wie einem kaiserlichen Officier das Schurzfell zur Visage stehe, und kamen rottenweise, Eines nach dem Andern, auf die Stube gerückt. Die Ersten natürlich waren die Kinder: hübsche und modeste Geschöpfe von neun bis zehn Jahren, mit schönen Haaren und himmelklaren Augen, die bei dem Mädchen ganz fromm, bei dem Jungen dagegen schon ein bischen verwegener dreinsahen, obschon mit derjenigen Douceur, welche die Pietisten in ihrem ganzen Maintien zu observiren pflegen. Nach denen Kleinen, die ich ergötzte, da ich das Glockenspiel der Uhr in Bewegung setzte, kamen ihr Oncle und ihre Tante und stellten sich auch hin mit gefalteten Händen und freundlichem Kopfnicken, aber ohne schier ein Wort zu verlieren, denn der Ernst dieser frommen Sectirer ist beinahe nicht in ein Lächeln zu verwandeln, und sie sind in der Freude so still wie im Schlaf und in der Trauer. Die Hausfrau war die letzte, die sich einstellte, aber auch die, so mir die meiste Attention erwies. Sie war eine alte Frau, obwohlen jünger noch als ihre Schwester, und trug sich in dem Kleide einer Wittib, wenn schon ihr Herr Liebster vor mehreren Jahren gestorben. Doch ist es bei denen Pietisten etwas Ordinäres, daß sie sich in Faltenröcken von schwarzem Bon und weißen eng anliegenden Hauben sehen lassen, weil sie nur den Tod und die Vergänglichkeit und das ewige Leben vor Augen haben wollen. Meinethalben; ich stieß mich nicht daran und conversirte gern mit der Frau, und sie kam erst auf eine halbe Viertelstunde, und dann wieder auf eine ganze, und so fort bis auf eine Stunde, um mir bei der Arbeit zuzusehen. Da seufzte sie auch öfters, und sagte: »Die Uhr war das letzte, so mein seliger Mann gefertigt hat, und sollte sie schon nach Upsala im Königreich Schweden, abgehen, als der Selige heimging. Nachher habe ich sie nicht mehr fortschicken wollen, und als der Geselle wegging, da ich die Profession aufgab, so blieb die Uhr verlassen stehen, und ich freue mich recht, daß sich jetzt eine geschickte Hand ihrer angenommen.« Ich replicirte hierauf sehr galant: »Mir ist es ein besonderes Plaisir, werthe Madame, wenn Sie meiner Capacität und bischen Kunst Gerechtigkeit wiederfahren läßt;« und da seufzte sie nochmals, bedankte sich recht schön, und invitirte mich zum Frühstück auf ihre Stube, wo ich die ganze Familie fand, und von Stund an von derselben tractirt wurde, als ob ich zu ihr gehörte. Ich kann nun wohl nicht sagen, daß ich viel Annehmlichkeit dabei genossen hätte, weil die guten Leute doch den Tag über gar zu fromm waren. Es stand ein kleines Positiv in der Wittib Stube, und immer vor dem Essen setzte sich der alte Diener des Kaufherrn daran, und spielte einen Psalm oder Choral, und die Andern, Klein und Groß sangen aus vollem Herzen mit, und dann wurde gebetet, sodann excessive frugal gegessen und getrunken, und dann wieder gebetet und gesungen. Nach dem Essen kam gewöhnlich ein langer dürrer Diaconus mit einem desagreablen Gesichte, und schwatzte vom Heiland und den bösen Zeiten, und der Nothwendigkeit, daß sich der Gerechte total abschließe von der verruchten Welt, u. dgl. m. Da ging ich gewöhnlich wieder auf meine Stube, und las in ein paar Büchern, die mir der Philipp aufgetrieben, oder spielte im Garten mit den Kindern. So kam auch oft Frau Christiana, die Wittib, zu uns herab, und schaute freundlich zu. Nicht selten aber sagte sie auch wehmüthig: »Sage Er, Herr Lieutenant, ob es nicht ein Unglück ist, daß ich keine Kinder habe? sie würden mich in meinem Alter trösten, da mich mein Seliger verlassen hat. Derselbe hat mir ein gutes Vermögen angeschafft, aber alles dieses fällt, wenn ich heimgehe, in fremde Hände.« Worauf ich immer auf die Kleinen hinwies und versetzte: »Da sind Diejenigen, von denen sie ein Soulagement Ihres Alters zu hoffen hat, Madame. Die Kinder Ihres Bruders sind ja auch keine Fremden.« Da seufzte sie aber immer, und ging wieder langsam hinein in die Stube.

Wenn ich mir je Kinder gewünscht habe, so sind es die gewesen, die ich dort im Hause fand: Der kleine Conrad und die Salome mit ihren blauen Augen. In dem kleinen Conrad steckte etwas Besseres, als ein Pietist; nämlich ein wackerer Soldat. Aber er durfte sich's nicht merken lassen, und wurde somit leider etwas heimlich hypokrit. Salomo dagegen war immer die gute Stunde. Den Kindern ist aber während meines Aufenthalts etwas ganz Apartes passirt. Sie liefen an einem schönen Morgen zusammen vom Hause weg, und promenirten aus der Stadt. Wie es Mittag war, waren die Kleinen noch nicht retour. Der Kaufmann und seine Frau waren desperat, und bildeten sich schon alles Böse ein. Frau Christiana jedoch, die viel männliches Ingenium besaß, und nicht leicht den Kopf verlor, jammerte nicht lange, sondern schickte den Knecht und die Magd aus, um nach den kleinen Deserteurs zu schauen. Mittlerweile kamen sie auch richtig daher; es war schon drei Uhr des Nachmittags. Conrad bat in seinem und der Schwester Namen um Pardon, und erzählte, daß sie auf das ruinirte Schloß spaziert wären, und lange Zeit von dem Berge herab in die Stadt und die Gärten vigilirt hätten. Da sey ihnen aber Beiden der Schlaf angekommen, und sie hätten sich unfern von einem Hollunderbusch niedergesetzt, die Augen zugemacht, und wären alsobald eingeschlummert. Beiden jedoch hat – was gewiß sehr extraordinair ist – ein und dasselbe geträumt: nämlich von einer schönen Musique, die sich plötzlich neben ihnen in den Lüften hat hören lassen, und worauf ein großer Wohlgeruch sich um sie verbreitete. Dann sey die Gestalt eines Mannes mit langen Haaren, in einem Reisemantel und spitzigen Hute hinter den Trümmern hervorgekommen, und habe sich ihnen approchirt. Weil der Mann von abschreckender Visage war, und einen dunkeln Schimmer um sich verbreitete, fürchteten ihn die Kinder, obschon er mit süßen Worten zu ihnen redete, und sie invitirte, mit ihm in ein Kellerloch zu steigen, so er bezeichnete, und dort viel Geld zu holen, was sie glücklich machen würde. Der Mann habe hierauf bald gelächelt, bald gedroht, und ihnen seine Animadversion zu erkennen gegeben, wenn sie ihm nicht gehorchen würden. Sie hätten es dann wieder verneint, und seyen in ihrer Resistance bestärkt worden, sintemal sie hinter ihnen einen gar holdseligen Engel erblickt zu haben behaupten, der seine Flügel über ihr Haupt ausbreitete, und den häßlichen Mann mit beiden Armen hinwegwinkte, worauf derselbe sich retirirte wie ein Holländer.

Dann habe der Engel sich zu den Kindern herunter gebückt, und ihnen liebreich gesagt: »Gehet heim, ihr Kleinen, denn Eure Verwandten ängstigen sich um Euch!« Nun seyen sie plötzlich erwacht, hätten sich mit Thränen im Auge das ganze Evenement erzählt, und ebenfalls die Retirade angetreten. – Ich lasse dieses nun dahingestellt, ob gedachte Begegniß ein wirklicher Traum gewesen, oder eine magische Aventure, wie derselben nicht selten arrivirt seyn sollen; genug, ich habe die Historie hergesetzt, weil sie eben doch für die Zukunft der Kinder von Gewicht war.

Der Oncle und die Tante waren ganz bestürzt, und der Diaconus, der dazukam, stellte mit seiner näselnden Stimme die Meinung heraus, daß wohl Alles das Werk eines bösen Geistes gewesen, und der Mann mit den langen Haaren das Gespenst eines gewissen Räubers und Vagabunden, der vor geraumer Zeit die Gegend um Neustadt unsicher gemacht, und in jenem Schlosse sein Hauptquartier aufgeschlagen. Alle kamen darin überein, daß der Böse die Kinder rentirt habe, aber der Schutz des Himmels über die Versuchung die Victorie davongetragen. Frau Christiane nahm Anlaß davon, mir noch am selbigen Abend zu sagen, daß es wahrlich – wie es in der Bibel steht – nicht gut sey, wenn der Mensch allein ist, indem der Schlingen und Gefahren allzuviele auf den einsamen Passagier lauern. Ich gab ihr Recht, und exprimirte mich dabei scherzhafterweise so, daß ich zwar froh sey, daß die Kinder von der Versuchung gerettet worden – daß ich aber selber nicht wenig Lust trüge, in das Kellerloch auf dem Schlosse zu steigen, und das versprochene Geld zu holen, weil ich dessen bedürfe. Da erschrak Frau Christiane sehr, daß sie im Gesichte weiß wurde, wie ihre Schürze, und sagte wie eine Mutter zu mir: »Treib' Er ja doch keinen Frevel, Herr Lieutenant! Will Er um schnödes Hexengeld Seine Seele in die Schanze schlagen? Laß' Er das seyn; es wird schon Leute geben, die Ihm helfen, wenn Er in der Noth und Bedürfniß ist.« Da lachte ich und dachte an die Raffel, meine Schwester, die mir nicht einen Heller geben würde, außer etwa auf einen Strick, daran ich mich aufhenkte. Ich versicherte indessen der Wittfrau, daß ich nur plaisantirt hätte, und hinkte fort, um für den kleinen Conrad eine schöne Knallbüchse aus den Fliedern des Gartens zu schneiden. Wie ich aber nach langer Weile in mein Logis kam, so sagte mir Philipp mit wichtiger und freundlicher Confidenz, daß Frau Christiane ihn mit subtilen Fragen inquiriret, ob es mir nicht angenehm seyn möchte, etwa ein Darlehen oder einen Vorschuß an Gelde zu empfangen, weil sie fürchte, daß mir die Gelder vom Regimente ausgeblieben. Diese delicate Attention hat mich sehr gerührt, und ich gab dem Philipp ein absonderliches Compliment an die Hausfrau auf, und den Bescheid: wie ich für die angenehme Proposition danke, deren aber nicht bedürfe. Somit war auch nicht mehr die Rede vom Gelde, bis einmal Abends die Wittfrau abermals im Garten zu mir sagte, da sie auf Conrad und Salome deutete: »Die Kinder wissen nicht, wie glücklich sie sind. Ihr Vater war ein gewissenloser Verschwender, Gott habe ihn selig, der seine brave Frau in's Grab ärgerte, und den letzten Heller durchbrachte; aber dennoch werden seine Waisen reich. Mein Schwager hat ihnen schon sein Hab und Gut vermacht, und am Ende kriegen sie auch noch das Meinige, weil ich leider selbst keine Kinder habe. Aber des Herrn Wille geschehe!« Ich replicirte, daß es doch immer besser sey, den Verwandten seine Habe zu hinterlassen, als einem Spitale. Ich hätte nämlich einen Abscheu vor den Spitälern, wo ich erst kürzlich viel an Wunden-schmerz und Mangel erleiden mußte. Da kam ich aber schön an bei der frommen Frau Christiane. Sie sagte mir: daß Spittel und geistli-che Stiftungen fromme Monumente der Wohlthätigkeit seyen, die sich gleich wie Staffeln in den Himmel hinein bauten, um den Stif-ter bequem hinüber zu lassen. Dabei lamentirte sie noch einmal über ihre Verlassenheit, und rechnete mir vor, daß sie dieses Haus und einen Eisenhammer im Gebirge und ein vierzig bis fünfzig Morgen Ackerlandes besitze, und daneben ein baar Vermögen von zwölf bis fünfzehntausend Gulden rheinisch. Ich sagte ihr im Scherz: da sie sich so ungern hergäbe, ihren Bruderkindern ihre Habe zu vermachen, so möchte sie mich zum Erben einsetzen. Ich würde bald ein Invalide seyn, und einer Schenkung gar sehr bedür-fen. Die Wittib sah eine Weile ernsthaft vor sich hin, lächelte dann und versetzte: »Das ist ein recht militärischer Spaß. Indessen: kommt Zeit, kommt Rath.« Noch an demselben Abend fand ich auf meiner Stube eine vortreffliche Latwerge mit Zucker und feinem Gewürz, und dabei köstliches Gebäck und steinalten Rheinwein. Dieses hatte die gute Hausfrau, mir zum Labsal und zum Vergnü-gen, dem Philipp übergeben, und sich dabei geäußert: sie müsse jetzt für mich sorgen, weil sie mich an Kindesstatt adoptire. Eine recht artige Surprise! dachte ich mir, und ließ mir's, *sur mon honneur,* tapfer schmecken. Den andern Tag jedoch war von Frau Christiane nichts zu hören und zu sehen, und auch die folgenden Tage nicht, und die übrigen Glieder der Familie machten saure Gesichter, wie es vorher noch nie passirt. Der Philipp sagte mir aber, daß Frau Christiane krank sey, weil sie sich mit ihren Blutsfreunden disputirt habe, wie er aus dem Munde der Magd vernommen. Es war mir sehr frappant, daß die frommen Leute sich also desperat zanken mochten, machte mir aber nicht viel daraus, und ging meines Wegs wie zuvor. Da kam der alte Kaufmann zur Abendzeit, da man die Retraite zu trommeln pflegt, auf meine Stube, und redete mit niedergeschlagenen Augen bald von diesem, bald von jenem, und brachte endlich die schlaue Quästion herfür: wie lange mein Congé noch daure, und ob ich nicht bald zu meinem Regiment retournire. Ich antwortete ihm befremdet, daß ich eben bleiben würde, so lange es mir gefiele, und daß ich erst Reconvalescent sey, auch ihn, den Quästioneur, die ganze Affaire nichts angehe; worauf er sich empfahl, wie ein begossener Pudel. Ich verhielt diesen Entretien meinem Philipp nicht, und derselbe erwiederte, daß ihn die Frau des Kaufmanns ebenfalls mit solchen Zudringlichkeiten turbirt, und nicht übel zu verstehen gegeben, wie es schon Zeit wäre, daß ich mich mit Gott auf einen Abzug fürsehen möchte. Auch der alte Markthelfer, ein durchtriebener frommer Lump, hatte in diesem Sinne mit dem Philipp geredet, und uns beiden war das Ding zu rund. Jedennoch hielt ich als ein guter, grober Kriegsmann fest an der Devise: »Was die Leut' verdrießt, das treib' ich, und wo man mich nicht haben will, da bleib' ich!« Ließ mir nichts anfechten, die heuchlerischen Schafspelze ihre Gesichter machen, und mir die Confituren schmecken, die Frau Christiane ungeachtet ihrer Indisposition mir alltäglich mit einem höflichen *bon soir* zuschickte. Erst nach acht Tagen sah ich sie wieder unten im Hausgang, und fragte sie freundlich: »Hat sich Madame wieder vollkommen restaurirt?« worauf sie einsylbig versetzte: »Ganz und gar; ich danke dem Herrn für die gütige Nachfrage.« Somit ging sie fort, und wir begegneten uns drei Tage lang und grüßten uns höflich, aber ich konnte sie nicht zum Stehen bringen, um ihr zu sagen, wie ungalant ihr Schwager und dessen Frau sich gegen mich conduisiret.

Gegenüber dem Hause wohnte der Stadtarzt, der mir etliche Male mit Salbenrecepten ausgeholfen, und nach dem ich mich nicht mehr umsah, seitdem meine Blessur zu heilen angefangen, und ich den ganzen Schmierplunder von Salben und Pflastern zum Fenster hinausgeworfen. Aber des Physicus Tochter, ein rothhaariges starkes Weibsbild mit einigen Bataillonen von Sommersprossen auf dem Gesichte und den Händen, kümmerte sich um mich, und kam immer an's Fenster, wenn ich an dem meinigen eine Pfeife rauchte, oder in den Abendstunden auf dem Jagdhorn dudelte. Wenn man an den Nachwehen einer Kugel leidet, ist man nicht sehr zur Liebschaft aufgelegt, und wäre ich's gewesen, hätte ich mich nicht an die Doctorsmamsell addressirt. Ich konnte ihr aber nicht verwehren, an ihrem Fenster zu liegen, und höchstens meine Vorhänge zuziehen, wenn sie mir allzulang mit ihren scharfen Falkenaugen in mein Zimmer herüber scharmützelte. Ich weiß nicht, wie es zuging, aber Frau Christiane hatte dieses observiret, und sagte mir eines Tages, da wir uns wieder trafen, und Niemand um die Wege war: »Weiß der Herr wohl, daß Er recht unartig gegen das Weibsvolk ist? Des Doctors Apollonia guckt sich fast die Augen heraus nach Ihm, und Er zieht ihr immer die Vorhänge vor der Nase zu. Der Herr ist gewiß ein Weiberfeind.« Darauf versetzte ich: »Das bin ich nicht, *Parole d'honneur!* und kein Soldat ist das. Aber ich habe zum Beispiel lieber mit ehrlichen Weibern zu thun, als mit frechen, und dann: wer wird sich in einen halben Krüppel, wie ich bin, verlieben?« Da drohte mir die Wittfrau schalkhaft mit dem Finger und wollte etwas erwiedern, aber der fuchsaugige Schwager und die steife Frau Schwester kamen just aus dem Andachtsstündlein nach Hause, und der Discours war aus. Gleich am nächsten Morgen klopfte es an meiner Thüre, und ich meine der Tod in höchsteigener Person trete herein. Es war aber nur der lange Diaconus im schwarzen Talar und gravitätisch auftretend wie ein Storch. Holla! dachte ich mir, was will der bei mir? und er fing an vom Wetter und von der Traubenblüthe, und kam dann auf die vielen Gewitter, und den Segen des Himmels, und wie der Himmel namentlich die Frommen im Lande beschütze. Damit meinte er die Pietisten, denn der Kerl war auch ein solcher, und hatte viele Leute verrückt gemacht, wie einst der Schuster Jacob Böhme, und war so zu sagen der Papst dieser Secte zu Neustadt geworden. Ich ärgerte mich über sein Augenverdrehen, und fragte ihn kurz und barsch, was er von mir wolle. Da verneigte er sich und schaute, wie in Distraction zur Stubendecke, und sprach vom Aergerniß geben, so daß ich bald merkte, wie er meine, daß meine Gegenwart ein Scandal für die andächtigen Bewohner des Hauses abgebe. Ich ließ aber den Leisetreter nicht recht zu Worte kommen, und verpappte ihm das Maul mit dergestaltigen Impertinenzen, daß er noch heute an mich denken muß, wenn er nicht bereits an der Gelbsucht verschieden. »Was?« sagte ich ihm: »Er katzenfalscher Fuchs im Chorrock will einem ehrlichen Soldaten bedeuten, daß er nicht in ein frommes Haus passe? Was kümmert mich Euer Gebet und Orgelspiel? ich mache mir nichts daraus, aber ich turbire es auch nicht. Ich bin so gut lutherisch, als Ihr, wenn ich gleich ein kaiserlicher Officier bin, und den lieben Herrgott nicht so oft mit zudringlichen Demarchen überlaufe, wie Ihr. Ein gerader Fluch ist mir lieber, als Eure krumme Rede, und wenn die Hausfrau etwas gegen mich hat, so soll sie es in's Kukuks Namen hervorbringen, und ich will ihr dann Satisfaction geben, oder mit Trommel und Bagage abziehen. Aber, wenn mir noch einmal ein hinterlistiger Spion, ein verdrießlicher Hinhorcher auf die Stube kömmt, so lasse ich den Kerl standrechtlich hinauswerfen, wie man einen Passe-Volanten aus dem Register streicht!« – Da der Schwarzrock dieses Kartätschenfeuers gewahr wurde, nahm er stille und confus seinen Abtritt, und ich wollte schon den Philipp als einen Parlamentair an die Hausfrau schicken, als Frau Christiane selbst in meine Stube trat. Sie war sehr verwundert, da sie mich in solcher Hitze antraf; da ich jedoch gleich errieth, daß sie von der Visite des Diaconus nichts wisse, so wollte ich ihr das Desagrement ersparen, schob vorläufig meinem Zorn eine and're Ursache unter, und fragte nach ihrem Wunsch und Begehr. Sie bat mich, nicht ohne einigen Embarras, den Fourierschützen zu dimittiren, und ich schickte den Philipp hinaus, weil ich nichts anders erwartete, als daß sie mir aufkündigen, und somit eine General-Explication herbeiführen würde. Nun setzte sie sich in einen Lehnstuhl mir gegenüber, und begann, wie immer, mit an den Boden gehefteten Augen und zaudernder Manier: »Zuvörderst muß ich den Herrn bitten, daß Er nicht schlecht von mir denken möge, und Ihm bemerken, daß wir alle mit unsern Herzen und Sinnen in Gottes Hand stehen, weß Alters wir auch seyen. Der Herr Lieutenant wohnt nun schon seit einiger Zeit in meinem geringen Hause, und hat sich die Estime von allen Leuten, die da aus- und eingehen, erworben.« Prosit die Mahlzeit, dachte ich bei mir selbst, indem ich mich an die Flegel von Schwager und Prediger erinnerte. Die Wittib fuhr aber fort: »Ich namentlich habe in des Herrn Lieutenants Ankunft bald mehr zu sehen geglaubt, als nur einen Zufall und die Fügung des Ungefährs. Wie ich Ihn so vor der Uhr sitzen sah, die mein Seliger gefertigt, dachte ich in meinem Sinn, wie es vielleicht möglich werden dürfte, einen so rechtschaffenen Mann, der mit vieler Tugend auch viele Geschicklichkeit verbindet, in meinem Hause festzuhalten. Kurz gesprochen: nach langer Ueberlegung und Berathung mit meinem Gott und Schöpfer komme ich, den Herrn zu fragen: ob es Ihm so gar unpassend scheinen möge, einer Frau, die freilich um dreißig Jahre älter ist als Er, vor dem Altare als Ehegemahl die Hand zu geben? Der Herr ist stark blessirt, und wird vielleicht nur mit großer Mühe die Strapazen des Kriegslebens ferner aushalten; der Herr ist aber auch ohne Vermögen, und es wäre mir schmerzlich, wenn der Herr, den ich so hoch estimire, einstens von einer schmalen Pension leben müßte, die kaum zu dem Nothwendigsten hinreicht. Gott hat die Arbeit meines Mannes gesegnet, und mein Fleiß diesen Segen erhalten. Wenn ich sterbe, bleibt dem Herrn all' mein Gut, und ich will für diesen irdischen Mammon nichts, als ein wenig Freundschaft und Pflege in meiner letzten Krankheit, weil ich leider von meinen Verwandten nichts erwarten darf, als eine kalte Bedauerniß, und ein gleichgültiges Gebet an meinem Sterbebette, vielleicht sogar ihr Fluch, da ich mich entschlossen fühle, die Gemeinde der Auserwählten nach manchen traurigen Erfahrungen zu verlassen.« Die gute alte Frau schwieg jetzt stille, und drehte sich, weil ihr die Schamröthe bis in die grauen Haare emporstieg, schier gänzlich von mir ab, mit gefalteten Händen und gesenktem Haupte. Ich war sehr bestürzt, denn ich war auf ein solches Denouement nicht präparirt. Nun wurde mir freilich klar, warum die werthe Familie mir so zugesetzt, denn unstreitig hatte Frau Christiane ihre Absichten den Blutsfreunden vorgetragen, und sich trotz ihrer Einreden wenig irre machen lassen. Doch war mir eben so klar, daß ich die gute alte Wittib nicht heirathen konnte, sintemalen ich lieber als Hagestolz bei einem Stücke Schwarzbrod gesessen, als verheirathet mit einem alten Weibe, das ich nur um's Geld genommen, bei einer Feldmarschallstafel. Aber es wurde mir difficil, die redliche und wohlwollende Frau alsobald durch einen Refus zu afficiren. Daher war ich froh, als sie mir selbst eine Bedenkzeit von einigen Tagen offerirte, und ich acceptirte dieselbe alsobald, worauf sich die Wittib mit einer züchtigen Verneigung empfahl.

Meine Meditationes waren nicht lang, ich resolvirte mich, noch ehe der Tag verlaufen, zu thun, was ich nie vor dem Feinde gethan habe, wenn nicht der Commandeur selbst Fersengeld zu geben bedacht war: nämlich zu retiriren, und zwar auf's Schleunigste.

Mein Philipp war ganz consternirt, wie ich ihm befahl, das Lager abzubrechen, und mit der Bagage nach dem ersten besten Quartier auszuziehen, was wir auch bei eintretender Nacht effectuirten. Ich vermochte es nicht, der braven Freiwerberin dürr und trocken zu declariren: daß ich sie nicht möchte, und desertirte ihr lieber, nachdem ich noch dem Kaufmann einen sackgroben Brief geschrieben, weil der Bengel mir nun unverholen den Antrag machen ließ, daß er mir tausend Gulden schenken wolle, so ich von der projectirten Heirath mit seiner Frau Schwägerin abstünde. Ich hieß ihn eine schmutzigen Grobian hin und her, der selber auf den Tod seiner Schwägerin lauere, um sie zu beerben, sagte ihm auf robuste Manier, daß weder seine Insinuationen noch sein Geld mich bewegen würden, das Feld zu räumen, daß aber wohl die Ehre solches, geböte. *Dictum factum* siegelte ich den Wisch zu, und paschte ab. – Da ich im neuen Quartier saß, in einer dunkeln Kammer eines unbequemen Wirthshauses, da fiel nur wieder lebhaft ein, daß ich es viel commoder hätte haben können, wenn ich mich in Christianens Willen gegeben, und daß ich vielleicht in kurzer Zeit der alleinige Besitzer eines considerablen Vermögens geworden wäre, aber ich hätte mir auch im Augenblick wieder Ohrfeigen geben mögen, weil ich so habsüchtig an den Tod des guten alten Weibes gedacht hatte. So setzte ich mich hin, und schrieb ihr ein zierliches Brieflein, und wickelte den Wermuth in Honig ein, und sagte ihr: daß sie an ihres Bruders Kinder denken möchte, zugleich aber die übrige Verwandtenrotte zum Haus hinaus werfen solle. Darauf war zwei Tage lang Ruhe, indem ich nichts von Frau Christiane hörte. Am dritten jedoch kamen plötzlich Conrad und Salome zu mir in Visite, und brachten tausend Grüße von der Tante Christiane, und einen schönen Latwergentopf voll Schleckereien, und einige Flaschen voll des besten Rheinweins. Die Tante ließe bedauern, sagten die Kinder, daß es mir nicht mehr im Hause gefallen hätte, und schickte ihres Bruders Kinder, sich bei mir zu bedanken, ich wüßte schon wofür. Sie wolle thun, wie ich gerathen. Da erkannte ich, wie doch die Tugend schnell in dem Herzen der wackern Frau die Victoire davon getragen, und gratulirte den Kindern, ohne daß sie wußten warum, und herzte sie, und observirte hiebei ganz im Stillen, daß Salome eine gar hübsche Person würde, die ich wohl lieber geheirathet hätte, als ihre Tante, wenn sie nur schon tausend Wochen alt gewesen wäre.

So blieb ich noch drei Wochen zu Neustadt, und wollte, da ich plötzlich wieder zum Regiment berufen wurde, und mein Fuß wieder heil war, ganz stille abziehen, aber mein Philipp mußte seine Zunge spazieren geschickt haben, denn am Morgen der Abreise, da schon die Pferde gesattelt standen, kam mit einem Male die Magd der Frau Christiane, und bat mich, meine Route nicht eher anzutreten, als bis ich ihre Frau noch einmal besucht. Obschon es ungalant gewesen wäre, dieses zu refusiren, so ging ich doch mit schwerem Herzen hin, und fand die Frau im Garten, mit den Kindern, aber ruhig und gefaßt und sanft, wie das erste Mal, so ich sie gesehen. Die Conversation war steif und reservirt bis zum Augenblick, da ich mich beurlaubte. Als ich ihr die Hand bot und sagte: »Gott erhalte Sie, Madame, recht gesund und in Floribus,« antwortete sie, mit Thränen in den Augen, und verschämt, wie eine Jungfrau: »Es hat nicht seyn sollen, daß ich den Herrn hier behielt, und so ziehe Er denn hin in Frieden. Ich will für Ihn beten, daß Er nicht zu frühzeitig heimgehe. Wenn Er aber einmal wieder hieher kommt, und mein Grab findet, so sey Er diesen Kindern, meinen Erben, ein treuer Rathgeber, und denke Er an mich, als an eine Person, die es mit Ihm wohlgemeint hat. Nehme der Herr auch noch dieses kleine Geschenk« – sie drückte mir einen schweren Beutel in die Hand. – »Ich habe in Erfahrung gebracht, daß mein listiger Schwager Ihm tausend Gulden geboten, damit Er nur aus meinem Hause ziehe, und daß Er dieselben wie ein Galanthomme ausgeschlagen; nehme er die gleiche Summe jetzt von mir an. Sie ist redlich von mir erworben, und wird Ihm Segen bringen.« – Ich defendirte mich so gut ich konnte, aber sie ließ nicht ab, und meine Casse war so ziemlich leer. Daher schob ich endlich das Geld ein, und ging weinend von dannen, wie von einer Mutter, so daß mir die Zähren im Schnurrbart hingen, und ich mich vor den Gassenbuben schämte. Das Gold der Wittib habe ich jedoch gut verwendet, und nicht damit gespielt, noch geschlemmt. Auch ist mir keine Dublone davon entwendet worden.

Nun ging es wieder in den Krieg. Bei Malplaquet avancirte ich zum Hauptmann, und nach der Defaite von Albemarle, wo uns Villars tüchtig geklopft, wurde ich Major. Meine erste Function als solcher war, eine Spießruthen-Execution zu commandiren. Das Regiment lag in einigen brabantischen oder flanderschen Dörfern, und wurde zu der Execution concentrirt. Ein Deserteur, der mit Sack und Pack hatte hinüber wollen, sollte abgestraft werden. Nun supplicirten mich Einige, dem Kerl die Spießruthen zu schenken, weil solche Begnadigung ein Recht des neu installirten Oberst-wachtmeisters ist, und wieder Andere drangen in mich, um des Beispiels willen ja nicht Gnade für Recht ergehen zu lassen. Nun aber war der Friede schon vor der Thüre, und ich habe nie solche Executionen leiden können; dennoch wollte ich den Delinquenten vorerst sehen, und ließ ihn vor mich bringen, da schon die Reihen gestellt waren, und die Ruthen ausgetheilt. Ein blutjunger todtblasser Kerl war's, der mir zu Füßen fiel, und wimmerte; daß es einen Stein hätte erbarmen müssen, wobei er meinen Namen nannte, und declarirte, daß er derjenige Conrad sey, bei dessen Tante ich in Neustadt einquartirt gewesen. Mir gingen die Augen über, da ich mich von der Justesse seines Vorgebens überzeugt hatte, und ich fragte ihn, wie er es von dem frommen Hause bis zum armen Sünder gebracht. Nun erzählte er mir, daß ihn der Teufel geblendet, wie so Viele schon; daß sein Oncle ihn und die Schwester wegen Zwistigkeit der Familie mit der Frau Christiane, aus dem Testamente gestrichen, daß die Letztere jedoch ihnen all' ihr Erbe versprochen, und sie im Hause behalten, aber ihm, dem Conrad, allzuspärliches Taschengeld prästiret, ob er schon bereits in einer Tuchhandlung als Lehrling gestanden. Da sey er von einem Diener der Handlung verführt worden, habe dem Principal etwas Geld detourniret, und daher aus Furcht und Angst flüchtig gehen müssen. Nur sey ihm indessen jenes gespenstige Evenement auf dem ruinirten Schlosse wieder in den Sinn gekommen, und er habe mit besagtem Diener zur Nachtzeit in dem Kellerloche nachgespürt, wohin dazumal das teuflische Schemen gewiesen. Sie hätten richtig daselbst unter Schutt und Plunder einen ledernen Sack mit einem kleinen Tresor von alten Rosenobles gefunden, und es sey dießmal kein Engel vorhanden gewesen, der sie abgehalten, das Sünden- und Raubgeld zu theilen. Sie seyen damit auf und davon gegangen, aber schon einige Tagreisen weit von Neustadt habe der schurkische Diener seinen unerfahr'nen Compagnon um Alles bestohlen, und denselben gezwungen, unter den Reichstruppen als gemeiner Soldat sich zu enrolliren. Hier sey es ihm lange übel und schlecht gegangen, bis er Gelegenheit gefunden, zu einem kaiserlichen Regiment zu entwischen. Erst seit Kurzem habe er dabei gestanden, als er schon wegen eines Dienstfehlers von seinem Unterofficier geprügelt worden, und er sich dann resolviret, zu den Franzosen überzulaufen. Um seiner Jugend willen hätte das Kriegsgericht ihn mit der Todesstrafe verschont, aber statt dessen die schärfsten Spießruthen angeordnet. Würde ich ihn jedoch davon begnadigen, so wolle er stracks ein ordentlicher Kerl werden, und sich nicht mehr vom Teufel verblenden lassen. – Nun konnte ich den Neveu der guten Frau Christiane unmöglich strafen lassen, wie er es verdient hätte; ich schenkte ihm die Spießruthen, und ließ ihn dafür eine Weile in Prison stecken. Während dessen war in Rastadt Friede gemacht worden, und die Kriegsfurie begab sich zur Ruhe. Mein Regiment marschirte dem Süden zu, und ich liberirte auf dem Marsch den armen Conrad, und nahm ihn an die Stelle meines wackern Philipp, der bei Oudenarde das Zeitliche mit dem Ewigen vertauscht hatte, zu meinem Fourierschützen auf, um ihn auf diese Weise nach der Heimath zu bringen, weil ich ihm zum Abschied zu verhelfen gedachte. Der arme Schelm wußte nicht das Mindeste, was zu Hause passiret, und ich ignorirte es natürlich nicht weniger. So kamen wir in Neustadt an, an einem Sonntag, beim Untergang der Sonne, und begaben uns spornstreichs nach dem Hause der Tante. Ach! was mußten wir da sehen! Die Magd, die uns aufmachte, war in Trauer, und die schöne Demoiselle, in der ich die kleine Salome kaum wieder erkannte, befand sich auch im grau und schwarzen Putz. Die gute Tante war vor einem halben Jahre heimgegangen, wie die Frommen das Sterben nennen, und hatte noch auf ihrem Todbette für den entlaufenen Conrad gebetet, und ihn der Schwester zur christlichen Liebe recommandirt, wenn er wiederkehren sollte. Da war es freilich ganz natürlich, daß der verlor'ne Sohn von der Schwester mit vieler Tendresse empfangen wurde, und daß dankbar weinende Erben auf dem Leichenstein der gottseligen Christiane saßen, während das Grab des auch bereits verstorbenen Oncles und seiner Frau von deren *lachenden* Erben gemieden und vergessen wurde. Dem Conrad wurde ein hübsches Etablissement ausgemacht, und weil ich selbst zu spät gekommen war, um die scharmante Salome zu freien, so tanzte ich doch in Kurzem bei ihrer Hochzeit mit einem reichen Gerberssohne die Polonaise. Ein fröhlich aussehender Prediger traute das Paar, und der gelbe Diaconus mit der ganzen Pietisten-Gemeinde sah mit ohnmächtigem Neide, wie in das Haus der Duckmäuserei ein actives kräftiges Leben eintrat, und ein Friede, der länger dauerte, als der von Rastadt.

Über tredition

Eigenes Buch veröffentlichen

tredition wurde 2006 in Hamburg gegründet und hat seither mehre-re tausend Buchtitel veröffentlicht. Autoren veröffentlichen in we-nigen leichten Schritten gedruckte Bücher, e-Books und audio-Books. tredition hat das Ziel, die beste und fairste Veröffentli-chungsmöglichkeit für Autoren zu bieten.

tredition wurde mit der Erkenntnis gegründet, dass nur etwa jedes 200. bei Verlagen eingereichte Manuskript veröffentlicht wird. Da-bei hat jedes Buch seinen Markt, also seine Leser. tredition sorgt dafür, dass für jedes Buch die Leserschaft auch erreicht wird.

Im einzigartigen Literatur-Netzwerk von tredition bieten zahlreiche Literatur-Partner (das sind Lektoren, Übersetzer, Hörbuchsprecher und Illustratoren) ihre Dienstleistung an, um Manuskripte zu ver-bessern oder die Vielfalt zu erhöhen. Autoren vereinbaren direkt mit den Literatur-Partnern die Konditionen ihrer Zusammenarbeit und partizipieren gemeinsam am Erfolg des Buches.

Das gesamte Verlagsprogramm von tredition ist bei allen stationä-ren Buchhandlungen und Online-Buchhändlern wie z. B. Amazon erhältlich. e-Books stehen bei den führenden Online-Portalen (z. B. iBookstore von Apple oder Kindle von Amazon) zum Verkauf.

Einfach leicht ein Buch veröffentlichen: **www.tredition.de**

Eigene Buchreihe oder eigenen Verlag gründen

Seit 2009 bietet tredition sein Verlagskonzept auch als sogenanntes "White-Label" an. Das bedeutet, dass andere Unternehmen, Institutionen und Personen risikofrei und unkompliziert selbst zum Herausgeber von Büchern und Buchreihen unter eigener Marke werden können. tredition übernimmt dabei das komplette Herstellungs- und Distributionsrisiko.

Zahlreiche Zeitschriften-, Zeitungs- und Buchverlage, Universitäten, Forschungseinrichtungen u.v.m. nutzen diese Dienstleistung von tredition, um unter eigener Marke ohne Risiko Bücher zu verlegen.

Alle Informationen im Internet: **www.tredition.de/fuer-verlage**

tredition wurde mit mehreren Innovationspreisen ausgezeichnet, u. a. mit dem Webfuture Award und dem Innovationspreis der Buch Digitale.

tredition ist Mitglied im Börsenverein des Deutschen Buchhandels.

Dieses Werk elektronisch lesen

Dieses Werk ist Teil der Gutenberg-DE Edition DVD. Diese enthält das komplette Archiv des Projekt Gutenberg-DE. Die DVD ist im Internet erhältlich auf **http://gutenbergshop.abc.de**